Fritz Eckenga

Du bist Deutschland? Ich bin einkaufen

Fritz Eckenga

Du bist Deutschland? Ich bin einkaufen

Geschichten und Gedichte

Philipp Reclam jun. Stuttgart

RECLAM TASCHENBUCH 20140

Reihengestaltung: büroecco!, Augsburg
Umschlaggestaltung: Eva Knoll, Stuttgart, unter Verwendung einer Illustration von Günter Rückert, Dortmund
Autorenfoto: Philipp Wente Photographie, Witten
Gesamtherstellung: Reclam, Ditzingen
Printed in Germany 2008
RECLAM ist eine eingetragene Marke der Philipp Reclam jun. GmbH & Co., Stuttgart
ISBN 978-3-15-020140-4

www.reclam.de

Inhalt

Zwölf Zille Stach

Die faszinierende Welt des Autoquartetts

Bevor ich ungefähr zehn Jahre später den Führerschein dritter Klasse machte, besaß ich schon einen gewaltigen Fuhrpark. Meine Mutter nannte ihn »Staubfänger«, denn ich parkte meine etwa fünfzig Kraftfahrzeuge auf den Fensterbänken von Kinder- und Ess-Zimmer, hinter den Gardinen mit der Goldkante, für die Frau Marianne Koch im Fernsehen Werbung machte.

Mit der Größe meiner Matchbox-Auto-Sammlung lag ich im gehobenen Mittelfeld meines Matchbox-Auto-Sammler-Bekannten-Kreises. Unsere Väter fuhren VW-Käfer, Fiat 600 und Ford Taunus. Wir waren die Söhne, denen sie immer damit drohten, dass sie es später mal besser haben sollten als sie selbst. Im PKW-Segment hatten wir sie aber schon überholt, bevor wir mit den Füßen an die Gaspedale ihrer Kleinwagen reichten. Wir fuhren nämlich beidhändig, und zwar Jaguar-E-Type, Ford Mustang und die Citroën DS, die aber in unserer Vorpubertät noch dem männlichen Geschlecht angehörte und deswegen »Der Zitröhn« hieß.

Auto-theoretisch konnten unsere Alten uns schon längst nicht mehr an die Karre pinkeln. Wir besaßen nicht nur die heißeren Kisten, wir hatten auch die besseren Karten.

»300 SEL sechstausendfünfhundert Kubik«. Der dicke Benz schlug mit seinem versoffenen Hubraum alle anderen. Damit kassierte man ab. Beim Autoquartett kommt es darauf an, dass man weiß, was unter der Haube steckt. Wir hatten keine Ahnung, was Hubraum bedeutet, dass aber die sechseinhalb Liter des 300 SEL viel mehr waren als die pisseligen Einskommadrei des Alfa Romeo Giulietta Sprint, das war klar wie Kraftstoff. Deswegen reichte uns Experten auch die kurze Ansage »300 Hub«, damit die anderen ihre Karten rausrückten. Jeder wusste, das ist der goldene Mercedes mit den Doppelscheinwerfern, der stach mit »sechseinhalb Hub«. War man dagegen mit dem »Rohmeo-Dschiletta« in der Vorhand, rief man dessen »sechstausendfünfhundert UM« auf. »UM« waren die Umdrehungen pro Minute. Kein Schimmer, was das für Umdrehungen waren, es waren aber auf jeden Fall mehr als die »4000 UM« des »SEL 300 Hub«. Also: »Stich« für mich, beziehungsweise »Stach«. Ich sagte »Stach«, weil … wir sagten alle »Stach«, weil – ja – wahrscheinlich, weil »Stach« besser klong als »Stich«.

Autoquartett spielen hieß auch, eine besondere Sprache zu sprechen, eine im Nachhinein nicht mehr vollständig zu entschlüsselnde, im Geheimcode unseres Achtjährigenkosmos' entwickelte Superspezialsprache.

»Zwölf Zille Stach!« Kann sein, dass das irgendein »Mase« war, also ein Maserati mit »Speich«. Mit Speichenrädern also. »Zwölf Zille Mase mit Speich« stach im Zylinderbereich mit zwölf Stück, der »Schewro«, vulgo: der Chevrolet, stach dagegen mit seinem außergewöhnlichen Ami-Automatikgetriebe, und zwar wie? Wahrscheinlich ungefähr so: »Schewro-Camarro Auto Stach!«

Natürlich gab es auch absolute Nieten beim Autoquartett. Machte aber nix. Selbst Nieten können stechen, wenn man um ihre einzigen Einzigartigkeiten weiß und – wenn man in der Vorhand ist. Mit dem Ro 80 in der Hinterhand zu sein, war aussichtslos. Den Ro 80, diese blassrosafarbene Lusche, konnte man direkt rausrücken, wenn ein anderer auftrumpfte. Der Ro 80 hatte keiner anderen Karre irgendwas entgegenzusetzen. Keine »Zille«, keinen »Hub«, keine »UMs«, kein garnichts. Mit dem Ro 80 konnte man nur trumpfen, wenn man als Erster aufspielte. Denn der Ro 80 war der einzige »Wankel« im Quartett. Also kein Otto- und kein Boxer- und kein irgendwas-normales-Motor, sondern eben ein Wankelmotor. Das klang schon so bescheuert: »Wankel«. War aber egal, denn »Wankel« hatte kein anderer. War man also Vorhand und hatte Ro 80 oben liegen, rief man einfach »Ro 80, gebraten 160, Wankel« und alle anderen mussten ihre Karten abgeben.

Der »Ro-80-gebraten-160«-Witz war anfangs ausschließlich Rüdiger vorbehalten. Rüdiger hatte ihn erfunden, machte ihn aber nach der Erfindung so oft und so immer, dass er irgendwann zum Allgemeinsprachgut aufstieg.

Rüdiger-Ro-80-gebraten-160, ich und die anderen Jungs spielten immer Autoquartett. Die affigen Blockflötenzicken aus der Mädchen-Parallelklasse spielten Komponistenquartett. Keine Ahnung, was da Trumpf war, wahrscheinlich »Mozart 10 000 Noten Stach«. Wir Jungens aber spielten Autoquartett. Immer. Auf dem Schulhof in der Pause. Vor und nach der Pause im Unterricht im Klassenraum der Schule. Vor und nach der Schule in der immer von uns mit der Ansage »Letzte Reihe!!!« reservierten letzten Reihe im Schulbus, spielten wir: Autoquartett. Es sei denn, wir spielten Flugzeugquartett. Oder Schiffequartett. Es sei denn, wir schingelten.

»Schingeln« war ein anderes Spiel, das anderswo auch »Schangeln« genannt wurde. Karten spielten dabei nicht mit. Beim Schingeln und/oder Schangeln warfen wir kleine Geld-Münzen vor Hauswände und dann … na ja, die Regeln sind schon arg kompliziert. Ihre Erläuterung würde Sie möglicherweise überfordern. Aber nicht nur Sie. Auch mich.

Ich muss mich nämlich jetzt auf etwas anderes konzentrieren. Auf eine Niederlage. Ich bin zum Autoquartett spielen verabredet. Mit ein paar Achtjährigen aus meinem Bekanntenkreis. Wir spielen zu ihren Bedingungen, das heißt: Mit einem neuen Blatt, Jahrgang 2006. Und ich bezweifel sehr stark, dass da noch irgendeine mir bekannte »Zille-Hub-UM-Stach«-Karte vorkommt, mit der ich im Teilnehmerfeld ganz weit vorne fahren könnte.

Habemus Papam

Hundertfünfzehn Kardinäle
in der Unterwelt von Rom,
Gott, ist das hier ein Gequäle,
zwei Etagen unterm Dom.

Oberhalb in Krypta-Kühle
liegt der Alte marmorgrau,
unten hundertvierzehn Stühle,
DJ Ratze weiß genau,

im Konklave-Partykeller
ist ein Mützenmann gefoppt,
wenn ich meinen Plattenteller
anhalt' und die Musik stoppt.

Hundertfünfzehn wollen sitzen,
müssen sich im Kreise drehn,
subkutanes Bischofsschwitzen,
einer muss am Ende stehn.

Ratzinger lässt weiterspielen,
noch ne Runde Requiem.
Immer auf die Stühle schielen:
Reise nach Jerusalem.

Papperlapapst

Ein Wirklichkeitsabgleich im April 2005

In der eigenen Wirklichkeit war es seit einiger Zeit mal wieder ganz anders, als es aus dem Fernsehen herausbehauptet wurde. Die Menschen, die in diesem Gerät leben, berichteten jedenfalls von einer Welt, die mit der vor dieser Haustür nicht verwechselt werden konnte.

Der Katholikenhäuptling war zum Beispiel schon vier Tage tot, als die sogenannten Hauptnachrichtensendungen der geschlossenen Rundfunkanstalten immer noch mit der Hauptnachricht begannen, dass sich an dieser Tatsache zwischenzeitlich nichts geändert habe. Im folgenden erweckten die Fernsehbewohner mit nicht versiegendem Papperlapapst den Eindruck, dass dieses nachösterliche Unwunder die gesamte Erdbevölkerung in religiöse Raserei versetzt habe. Alle Welt sei auf dem Weg nach Rom, die Pilgerströme rissen einfach nicht ab, die Menschheit wolle dem verblichenen Ersatzerlöser – ja, was denn eigentlich? – bei der Auferstehung zukucken?

Beim Blick vor die Haustür war ich dann schon mal ganz beruhigt. Ich war nicht der einzige Mensch, der zuhause geblieben war. Auf den ewigen Nachbarn war Verlass. Der Mann glaubte nicht an Wunder. Seinen ganz persönlichen Petersplatz hat er selbst mit Betonwerksteinplatten gestaltet und die wurden nach wie vor nicht durch Handauflegen von irdischem Belag befreit, sondern durch

Handanlegen und Hochdruckreinigung. Ich brüllte ein dankbares »In Ewigkeit Kärcher, jetzt und immer bar« in den algengrünen Gischtnebel gegenüber. Der spritzwasserbefleckte Fugenator hob die Linke lässig zum grüßenden Segen *Urbi et Obi,* ohne die infernalisch laute Beseitigung der grünen Pest auch nur für eine Sekunde zu unterbrechen.

Mittlerweile hatten es die Fernsehinsassen aufgegeben, die Reanimation des Einbalsamierten zu erwirken. Trotzdem durften sie wohl den Schauplatz nicht verlassen. Wahrscheinlich hatte der Mailänder Fernsehpate Don Silvio Berlusconi die internationalen Übertragungsrechte so teuer verkauft, dass ein Programmwechsel bis auf weiteres untersagt blieb. Ostern war zwar vorbei, die Gebührenzahler aber mussten auch außerhalb der kirchenkalendarisch festgelegten Passionszeiten leiden. Diese Praxis kennt man ja schon von Sportgroßereignissen. Wenn bei Olympischen Winterspielen das Wetter zum Wintersporteln zu schlecht ist, wird das Reportagepersonal auch nicht nach Hause geschickt, sondern muss zur Hauptsendezeit über Menschen berichten, die mit Haushaltsschrubbern Eisflächen putzen.

Curling ist ungefähr so aufregend wie das, was jetzt aus Rom gezeigt wurde. Papa Balsamico war immer noch tot, durfte aber endlich sein letztes Zimmer beziehen. Die Prozedur zog sich so, dass wohl selbst die sendebestussten Glotzenfüller Quotenschwund befürchteten. Also lockerten sie ihr Programm jetzt durch Beerdigungskonferenzschaltungen auf. Im Steuerflüchtlingsghetto Monaco hatte Grace Kellys Witwer das Zeitliche gesegnet und auch im Königreich Großbritannien versammelte sich eine traurige Adelsgemeinde, um der kirchlichen Beisetzung eines bereits zu Lebzeiten erloschenen Paares beizuwohnen. Die Nachricht, dass in Deutschland ein untadeliger, aber eben nur bürgerlicher Unterhaltungstrinker zeitgleich in die Grube fuhr, taugte bei derart hoher Fürstensterblichkeitsdichte mal gerade noch als Wetterberichtvorspann: Rom heiter bis wolkig, mäßiger Wind, in Böen auffrischend.

Ganz anders im Diesseits. Aus grau verhangenem Himmel prasselte Starkregen auf den jetzt algen- und menschenleeren Petersplatz gegenüber. Immerhin waren noch Tiere unterwegs. Ein durchweichter Fellhaufen mit Augen drin nahm die günstige Gelegenheit wahr und erlöste sich auf keimfrei polierter Betonplatte vom Übel einer imposanten, rotstichigen Wurst. Der nun auch ins Bild tropfende Halter, seinem schmutzwasserfarbenen Schützling gleichend wie ein Wisch-mopp dem anderen, leugnete demonstrativ jegliche Bekanntschaft mit dem Tier. *Geh' hier nur 'n bisschen durch die frische Luft. Hund? Was für'n Hund? Ich seh' keinen Hund. Ach, der da. Kenn' ich nicht. Ungezogener Drecksköter. Wenn das meiner wär'!*, körpersprach er in Richtung vermuteter Hintergardinensteher. *Hund und Herrchen / ein abgebrühtes Pärchen,* dichtete ich ins Unreine, denn die beiden hatten die Taktik des gegenseitigen Ignorierens offensichtlich in Teamarbeit einstudiert. Das rangniedere Tier nahm seinen Alpharüden ebenfalls nicht zur Kenntnis und trottete ihm nach Geschäftsschluss in auffällig unauffälligem Abstand hinterher. Hielt der Wolkenbruch an, würde schon bald nichts mehr von der Hinterlassenschaft des Kleinrudels künden. Die Rotwurst hatte auf dem langen Weg der Wiederaufbereitung bereits gute 30 cm zurückgelegt und verflüssigte sich kanalwärts.

Nachdem ich ihr eine Weile dabei zugeschaut hatte, war mir nach Abwechslung zumute. Im Briefschlitz steckte eine durchnässte Reklamesendung. Die noch identifizierbaren Reste warben für Mettwurst und verhießen den baldigen Besuch einer »charmanten, nordhessischen Wurstbotschafterin« im Rahmen einer »Verkaufsshow auf dem Mittwochsmarkt«. Bei der Dame schien es sich um so eine Art Weinkönigin zu handeln, nur eben für Wurst. Auf der farbzerlaufenen Abbildung trug sie einen aus dicken Mettenden geflochtenen Haarkranz. »Karin Bund aus Fritzlar, charmante Botschafterin der Ahle Wurscht, freut sich auf Ihren Besuch.« Vielleicht ist es das, was Müntefering meint, wenn er die perversen Auswüchse eines entfesselten Kapitalismus' anprangert. Die Würde des Menschen wurde rücksichtslos verwurstet. Die Entrechteten und Beleidigten mussten tatsächlich fürs Geld alles machen. Ein gedungenes, gequältes Lachen verfratzte die Züge der jungen Frau. Sicher hatte sie schon glücklichere Zeiten gesehen. Am Ende handelte es sich sogar um eine ukrainische Zwangswurstituierte, wer konnte das schon wissen. Ich überlegte kurz, ob ich den Fall den Medien melden sollte. Vielleicht hatten sie doch nicht alle Mitarbeiter auf die Beerdigungen geschickt. Wenigstens Michel Friedmann müsste doch hiergeblieben sein. Der ist erstens prominent unkatholisch und zweitens gefürchtet für seine eindringlichen Recherchen im ukrainischen Milieu.

Als ich wieder einen Blick ins Jenseits warf, verflüchtigten sich diese Gedanken. Die Bewohner des Fernseh-Zwischenreichs hatten jetzt alle verfügbaren Kameras auf ein römisches Ofenrohr gerichtet und befragten Heerschaaren von Emissionsexperten unablässig zu Farbgebung, Zusammensetzung und Konzentration der allerheiligsten Abluft. Immerhin stellte ich eine erste, kleine Übereinstimmung zwischen jenem und diesem Universum fest. Das Feinstaubproblem gab es hier wie da.

Der Briefträger brachte die neue Ausgabe des Nachrichtenmagazins *Spiegel.* Sie sah aus wie gedrucktes Radio

Vatikan. Die Hamburger Redaktion hatte den Verstand endgültig über die Wasserkante geworfen, war geschlossen zum katholischen Glauben weggetreten und schrieb sich den polnischen Fundamentalisten posthum zu einer seligen Mischung aus Pop-Star, Jesus-Lookalike und Menschenrechtler zusammen. Dann doch lieber zum »Ostanzeiger« greifen. Beim lokalen Anzeigenblättchen für die östlichen Stadtteile musste man nicht mit Realitätsverlust rechnen. Hier gab es nur knallharte, sauber recherchierte Fakten aus der wirklichen Wirklichkeit. »Der dümmste Drogenhändler Deutschlands muss für drei Jahre und zehn Monate ins Gefängnis. Der arbeitslose Betonbauer aus dem westfälischen Waltrop hatte in der Rauschgiftszene Visitenkarten mit Foto und Handynummer verteilt, um für seinen Drogen-Home- und Bringservice zu werben.« Und auch eine andere Ich-AG lieferte bemerkenswerte Nachrichten. Ein pfiffiger Einmannunternehmer versprach für den sensationellen Preis von einem Euro je Behandlung »Brustvergrößerungen durch Handauflegen mit Geld-zurück-Garantie«. Eine clevere Geschäftsidee, die sich die von den Medien angefeuerte Voodoo-Hysterie zunutze machte. Den vom katholischen Schnäppchenhokuspokus Infizierten konnte man jetzt alles andrehen. Wo Glaube Berge von Gehirnen ins Delirium versetzte, ließ er bestimmt auch berührte Brüste in himmlische Höhen wachsen. Für einen Euro näher zu dir, mein Gott. Das kam auf jeden Fall günstiger, als sich in Rom, der irdischen Zentrale des Jenseitigen, einen Original-Zauber einzuhandeln.

Dort kam endlich Bewegung in die Sache. Das Ofenrohr genügte jetzt den EU-Richtlinien. Man hatte offensichtlich wirksame Feinstaubfilter eingebaut. Jungfräulich weißer Rauch stieg auf. Das seit Tagen lammfromm ausharrende Petersplatzpublikum atmete befreit auf. Kurz darauf brach es in Entzückung und lauten Jubel aus. Ein abgearbeitet wirkender, älterer Herr in Frauenkleidern verkündete mit großer Freude und in gebrochenem Latein die aktuellen Messergebnisse. Sämtliche Glöckner der Stadt und des Erdkreises wurden angewiesen, ausdauernd Entwarnung zu läuten.

Ich schaltete das Jenseits stumm, aber auch im Hierundjetzt war nichts mit Requiescat in pace. Draußen vor der Tür krähte ein Hahn, dreimal und höllisch laut. Verrat witternd blinzelte ich durch die nur spaltbreit geöffnete Tür. Gottseidank. Der Hahnenschrei kam aus dem Dachlautsprecher eines weißen Kleinlasters. Der »Eiermann« fuhr vor. Die Menschen verließen ihre Wohnungen und deckten sich wie gewohnt mit »Prima Produkten vom Bauernhof« ein.

Auf dem Betonsteinplatz gegenüber entwickelte der ewige Nachbar schon wieder Hochdruck. Er hatte Algenbildung entdeckt – rote.

In dieser Welt jedenfalls gingen die Dinge ihren normalen Gang. Die hysterischen Berichterstatter sollten aus ihrer anderen Welt abreisen und nach Hause fahren. Mal recherchieren, was so vor der eigenen Tür los ist und anschließend die einzig mögliche Konsequenz ziehen, nämlich wenigstens eine Ewigkeit lang die Klappe zu halten.

Oralsex mit dem Durchlauferhitzer

Schon die erste Wahrnehmung verhieß, dass dieser Tag ohne mich auskommen musste. Der in meinem Sado-Radiowecker wohnende Phil Collins hatte mich mit »Another Day in Paradise« wachgefoltert. Ich gab der japanischen Elektronik-Missgeburt mit der Rechten mächtig was auf die Schlummertaste. Collins, der nölende Inselaffe innendrin hatte offensichtlich genug abbekommen und hielt fürs erste sein Maul. Die Hündin zu meinen Füßen drehte sich dankbar auf den Rücken, ließ Luft an den Bauch und schlief in dieser obszönen Haltung weiter.

Als die Gauloise zwischen meinen Lippen klebte, fiel mir ein, dass ich im Bett nicht rauche. Das hatte ich mir selbst verboten. Die naheliegendste Alternative war das Badezimmer. Doch dafür hätte ich aufstehen müssen. Außerdem war ich sicher, dass mein Feuerzeug in der Küche lag, eine Etage tiefer. Ich lasse es immer extra da liegen, um morgens nicht in die Verlegenheit zu geraten, mir im Badezimmer eine Fluppe anzustecken und damit schnell wieder rüber ins Bett zu kriechen. »Wieso«, brummte es mir durch den Kopf, »wieso lasse ich eigentlich die verfluchten Zigaretten nicht auch unten?« Wahrscheinlich, weil mein inneres Schwein mir so die Möglichkeit offen hält, am Gasboiler im Bad Feuer zu holen. Erfahrene Abhängige kennen das. Man hängt in dieser unwürdigen Haltung, halbschräg über die Badewanne gebeugt, ein Bein neben dem Klotopf und Mund mit Kippe dicht vor dem Loch mit der Flamme dahinter. Was so aussieht, als habe man Oralsex mit dem Durchlauferhitzer. Schon der Gedanke daran war so abstoßend, dass ich es trotz des Lungenschmachts schaffte, liegenzubleiben.

Ich zog die kalte Zigarette aus dem Mund und legte sie auf Collins' Wohnung. Im selben Moment schaltete die Schlummerautomatik wieder auf Sendung. Phil war immer noch betäubt, dafür sein Mitbewohner, der Nachrichtensprecher, umso wacher. Kaum hatte er die Worte »*Bundesarbeitsminister Münte …*« gesagt, kriegte der Japaner direkt wieder was auf die Mütze, diesmal noch härter als vorhin. Kein Problem, der Asiate hält eine Menge aus. Äußerlich ließ er sich nichts anmerken, sorgte aber dafür, dass der Nachrichtenmann innen die Klappe hielt.

Ich versuchte mich zu konzentrieren und die Zeichen zu deuten. Was konnte ein Tag bringen, der ohne Zigarette, aber mit Phil Collins und Franz Müntefering begann?

Bestimmt würde ich den Kühlschrank aufmachen und statt eines Stücks Käse einen Haufen Frühstücksschimmel finden. Blasse Christenfrauen in Hemdblusenkleidern würden an meiner Tür klingeln und mir den geänderten Anfangstermin des Weltuntergangs mitteilen.

Die Hündin würde auf dem unvermeidlichen Gang zur Köttelwiese den Yorkshire der querschnittsgelähmten Rollstuhlfahrerin angreifen. Ein problematisches Pärchen. Die junge Frau hasst mich, weil meine Hündin die haarige Handtasche in ihrem Schoß hasst. Die zwei kläffen bei jeder Gelegenheit in schmerzender Lautstärke auf uns ein. Wenn die beiden nicht im Rollstuhl säßen, hätte ich sie längst mal final beleidigt. Doch dazu fehlt mir noch die Abgeklärtheit.

Ich nahm die Zigarette vom immer noch stillen Radiowecker, schlurfte ins Bad, überwandt mich am Gasboiler, setzte mich auf den Topf und rauchte in Ruhe. Damit sollte es vorerst für heute getan sein. Man soll das Schicksal nicht herausfordern. Vorsichtig ging ich den einzig vernünftigen Weg dieses Tages und erreichte das Bett unverletzt.

Ich bin einkaufen!

Damit die Dinge meines Lebens nicht in Unordnung geraten, führe ich Ordnungslisten. Ganz oben auf der Wichtigkeits-Skala steht selbstverständlich der überlebenswichtige Einkaufszettel. Der aber wäre natürlich ganz nutzlos, gäbe es nicht die Erledigungsliste, auf der das aktuell abzuarbeitende Pensum lückenlos festgehalten ist und auf der deswegen »Einkaufen gehen und Einkaufszettel mitnehmen« erste Priorität hat. Die Lebenserfahrung sagt außerdem, dass es vorteilhaft ist, im entscheidenden Moment, nämlich an der Supermarktkasse, einen seriösen Eindruck, also ausreichend Zahlungsmittel zu hinterlassen. Wichtig ist deswegen auch, dass ich mich gelegentlich darum bemühe, der Liste mit der Überschrift »Geldverdienen« die nötige Aufmerksamkeit zu widmen.

Denjenigen, die das bisher Geschriebene für reichlich banal halten, halte ich entgegen, dass die Konzentration auf die vordergründig einfachen Verrichtungen nicht unterschätzt werden darf. Das gewöhnliche Leben braucht Struktur. Regelmäßige Mahlzeiten, immer was Sauberes zum Anziehen in der Kommode, friedliche Koexistenz mit dem Geldinstitut – dafür will gesorgt sein. Lässt man diese Dinge zu lange schleifen, kann es passieren, dass einen nicht nur ein leerer Kühlschrank angähnt, sondern dass man von etwas viel Dramatischerem bedroht wird: Von der intellektuellen Verwahrlosung.

Wenn mich meine Wahrnehmung nicht täuscht, wäre in Zeiten wie diesen schon Einiges erreicht, wenn wieder mehr Menschen Einkaufs- und Besorgungslisten führen würden. Wie beruhigend wäre es, wenn etwa das politische Personal morgens unter Ausschluss jeglicher Öffentlichkeit mal in aller Ruhe »Butter, Brot, Klopapier« auf den Zettel schreiben würde, anstatt ein noch bettwarmes Publikum schon in den Frühnachrichten mit Tagesthemen wie »Terminpläne für Sondierungsgespräche« zu belästigen.

Die Penetranz, mit der den Insassen dieses Landes seit Wochen und Monaten unaufgefordert angeblich existenziell wichtige Dringlichkeitslisten ins Dasein gereicht werden, sorgt für Wirklichkeitsverzerrung und hat Unordnung zur Folge. So hat zum Beispiel die Fahrlässigkeit, mit der ich mich der Berichterstattung über den letzten Wahlkampf ausgesetzt habe, dazu geführt, dass ich vorübergehend den Kopf verlor. Eines morgens fand ich auf meiner Erledigungsliste nicht etwa den dahingehörenden Satz »Hemden in die Reinigung bringen«, sondern ganz obenauf den mit drei Ausrufezeichen versehenen Imperativ »Unbedingt und sofort den fördern!!!«. Dass ich aber höchste Gefahr lief, schon ganz bald überhaupt keine Tasse mehr im Schrank zu haben, wurde mir am Vortag der Wahl bewusst, als ich an der Käsetheke des Supermarktes eine vor mir auf Bedienung wartende, ausgesprochen attraktive Kundin mit dieser absolut kontakttötenden Gesprächseröffnung belästigte: »Finden Sie nicht auch, dass Deutschland gründlich dereguliert werden muss, und wollen wir beide nicht mal sofort damit anfangen?«

Seitdem konzentriere ich mich wieder auf die wesentlichen Dinge. Ich sorge dafür, dass ich mental regeneriere und schreibe ganz rudimentäre Einkaufs- und Erledigungslisten. Es darf nicht dazu kommen, dass ich restlos verblöde. Das Schicksal vieler anderer ist mir Warnung genug. Ich will nicht jenes soziopathologische Nutzlosigkeitsstadium erreichen, in dem mir nichts anderes mehr übrig bleibt, als mich an Kampagnen wie »Du bist Deutschland« zu beteiligen. Ich bin nicht Deutschland. Ich bin einkaufen!

Deutsch, richtig und gut

Herr Stoiber, das hat Herr Stoiber so gesagt, möchte den Ausländern gern sein Deutsch lernen. Wenn die Ausländer dann Herrn Stoiber sein Deutsch genauso gut beherrschen wie er selbst, will er sie die deutsche Staatsbürgerschaft verleihen. Und zwar feierlich, mit Ableistung des Verfassungseides und allem Zipp und Zapfenstreich.

Wenn einer wie Stoiber patriotistisch voranschreit, können die lautesten Vorsitzenden, Protokollführer und Kassierer der anderen Deutschland-Vereine natürlich nicht lange ihr Echo zurückhalten. Es müsse ja nicht gleich der Verfassungsschwur sein, aber für eine feierliche Einbürgerungszeremonie sprachen sich in kurzer Folge auch die Herren Wiefelspütz, SPD, Rüttgers, CDU und – ist der Zirkus noch so klein, die Grünen müssen mit hinein – Frau Claudia Roth aus. Frau Roth machte den weitergehenden Vorschlag, den feierlichen Akt der Deutschwerdung durch die Aushändigung eines Grundgesetzes mit Goldschnitt zu erhöhen. Das kam nicht überraschend. Wer Claudia Roth je in Brokatlametta gewirkt das großdeutsche Bayreuther Wagner-Festspielhaus betreten sah, schaute nie mehr betreten zu Boden, wenn sie sich wieder zu Geschmacksdingen geäußert hatte.

Haben Menschen, die wie Stoiber, Söder, Schönbohm, Beckstein, Schröder, Schily, Merkel, Benneter, Wiefelspütz, Rüttgers und Roth, mangels anderer Möglichkeiten bei jeder sich bietenden Gelegenheit ihr ganzes Deutschland mit gewaltbereiter Liebe umschlingen müssen, nicht Mitleid verdient? Nein. Die sind alle schon groß und hatten Zeit genug, aus ihrem Leben, von mir aus auch in diesem Land, etwas Sinn- und Liebevolles zu machen. Sie haben aber nur Patriot gelernt und müssen darum deutsche Politiker sein.

Weil das jedoch eine schmerzhafte Existenz ist, sollen auch möglichst viele andere Leute zu spüren bekommen, wie weh es tut, ein richtiger Deutscher wie sie zu sein oder zu werden. Jetzt die einbürgerungswilligen Ausländer. Verfassungseid, förmliches Bekenntnis zu den Grundwerten, feierliche Zeremonie, Übergabe eines Grundgesetzes mit Goldschnitt. Warum nicht die Hymne auswendig singen? Alle Präsidenten aufsagen? Wenigstens sich ein bisschen an der Fahne reiben? Alles, was zivilisierte Deutsche eben auch so machen.

Herr Stoiber hat gesagt, wir müssen den Ausländern richtiges Deutsch lernen. Das ist damit gemeint.

Sim Salat Bim

»Sim Salat Bim« singt das Mädchen auf dem Poster an der Wand. Die in Altnikotin gehaltene Wand ist Teil eines Gebäudeensembles, das vermutlich in den Siebzigerjahren in die Landschaft gebrochen wurde. Und zwar in die südliche Münsterlandschaft, die dort, wo die Wand und der dazugehörende Rest steht, allmählich ins Ruhrgebiet übergeht. Genauer: An der Bundesautobahn Nummer 2. »Raststätte Rhynern« haben ihre Schöpfer diesen umbauten Raum genannt. Man kann ihnen also nicht vorwerfen, sie hätten die Alphabeten nicht eindringlich genug davor gewarnt, hier einzurasten. Die, die es trotzdem tun, werden ihre Gründe haben. Harndrang? Durst? Hunger? Unstillbare Sehnsucht nach »Sim Salat Bim« nachts um halb eins? Alles das.

Das bekanntlich immer mitessende Auge wird schon im windfangähnlichen Foyer an der »Hundebar« appetitlich angeregt. Sollte man hier schon mal einen Happen Frolic …? Im Durchzug zwischen Durchgang zum Sanitärmodul und Gastraum piepen Geldspielautomaten, die von gut durchgesessenen LKW-Fahrern gefüttert werden. Schnell weiter in die gute Stube. Immer der Nase nach. So kann man sich nicht verlaufen. Die »durchgehend warme Küche« ist auf Standby. Noch läuft das Frittengrab nicht unter Volllast. Das werden wir jetzt ändern. Wir wissen, was wir wollen. Wir wollen die Grenzbelastung. Wir wollen alle »Currywurst mit allem«. Warum? Warum nicht »Sim Salat Bim«? Das Mädchen auf dem Poster sieht trotz jahrelanger Intensiv-Berauchung immer noch ganz frisch aus. Sicher hat sie Zeit ihres jungen Lebens nichts anderes gemacht als an den »zauberhaften Salatwochen auf der Autobahn« teilgenommen, für die sie jetzt immer noch wirbt. Immer auf dem Mittelstreifen gesessen, »Sim Salat Bim« gesungen und abgasharten Wegerich gemümmelt. Irgendwann hat man sie aufgelesen und dann an die Rhynerner Wand genagelt. Damit sie uns beim Frittenessen zukuckt. Die Arme.

Die Currywurst wehrt sich. Tagelang hat sie vorgebraten auf uns gewartet. Sie ist durch und durch durch. Jetzt sind wir endlich da. Sie hat sich nochmal für uns heiß machen lassen und will noch ein bisschen vor uns liegen bleiben. »Lasst mich hier liegen«, wimmert sie unter ihrem handwarmen Ketchup- und Mayo-Mantel, »ich werde nur eine Belastung für Euch sein«. »Sim Salat Bim«, assistiert die Leitplankenvegetarierin an der Wand. »Geht ans zauberhafte Salatbüffet, es wird Euch bekommen.« Wir bekommen Gewissensbisse, aber Hunger ist größer als Mitleid. Wir beruhigen uns damit, dass jeder Schnitt unserer Messer der Wurst Gnade und Erlösung sein wird. Ein leises »Requiescat in pansen« begleitet unseren letzten Bissen und ein öliges »Blörp« echot herauf vom Magenpförtner. Und tatsächlich herrscht mit einem Mal satte Stille über und in Rhynern. Selbst die Fee an der Wand hält's Maul.

Wir treten hinaus in die Nacht. Warmer Regen fällt auf die BAB 2. Salat wird wachsen. Und neben einem Müllcontainer weicht eine *Bild*-Zeitung vom Vortag dem Vergessen entgegen.

Fußballmanager A spricht zum Themenkomplex: Wohnorte von Weltmeister-Trainern im historischen Vergleich

Ich sag' ja immer: Der Ball ist rund und die Erde ist 'n Dorf. Die Welt passt in 'n Stadion. Und wer ist der Chef vom Stadion? Ich!

Mir wird da zu viel gelabert in dieser Klinsmann-Frage. Darf der Klinsmann in Kalifornien wohnen, wenn er hier Weltmeister werden will? Jeder hat 'ne Meinung, ich hab' die Fakten. Ich hab' mir die Unterlagen mal kommen lassen.

Wer war Nationaltrainer, wer Weltmeister, wo haben die gewohnt? Deutschland: Dreimal Weltmeister. Letztes Mal 1990, Trainer: Beckenbauer. Wohnsitz Österreich. Gut, jetzt kannze sagen, Österreich gildet nicht. Ist ja kein Ausland, jedenfalls nicht so wie USA, wo der Klinsmann wohnt. Quatsch! 1990 war Österreich genauso Ausland wie Amerika.

Kein Ausland war Österreich früher. So um den Dreh rum, als Sepp Herberger Reichstrainer wurde, 1936.

Tja, man kann dem Führer ja viel Schlechtes nachsagen, aber für den deutschen Fußball hat er viel getan. Kuckmal, ohne den »Untergang« wäre das »Wunder von Bern« doch gar nicht möglich gewesen. Weltmeister wurde Herberger aber erst, als Österreich schon wieder Ausland war – 54. Die Frage, ob der Herberger auch Weltmeister geworden wär', wenn der im Ausland gewohnt hätte, ist Mumpitz. In *der* Zeit war das Ausland ganz froh, dass die Deutschen mal zuhause geblieben sind.

1974 war das schon anders. Das lag aber nicht am Trainer, sondern am Kanzler. Kanzler war Willy Brandt. In der Zeit, als Herberger Reichstrainer wurde, hat Brandt übrigens im Ausland gewohnt. 1974 ist Deutschland Weltmeister geworden, da war Brandt schon zurückgetreten wegen dem Spion aus der DDR. Aus der DDR, aus Dresden, kam auch der Bundestrainer, Helmut Schön. Da hieß die DDR aber noch Ostzone und aus der ist der Schön früh abgehauen, sonst wär er ja 74 nicht Deutscher Weltmeister geworden.

Ich fasse zusammen: Drei Weltmeister, drei Trainer, drei verschiedene Fälle. Also isses egal, wo der Klinsmann wohnt? Sagenwirmalso: Die dunkelsten Stunden des Deutschen Fußballs gab's unter Erich Ribbeck. Den hammse 1998 von Teneriffa weggeholt. Aber Ribbeck ist auch 'n Spezialfall. Der hat Kanarienvögel gezüchtet. Der hatte mit Fußball überhaupt nix zu tun.

So – und da kannze jetzt inner nächsten Halbzeitpause mal 'ne Viertelstunde drüber nachdenken. Viertelstunde? Schaffst du schon. Glück auf.

Ein neuer Anfang

Du lächelst fein, Dein Mund so zart
und Licht auf Deinen Lippen,
kein Krähennest, kein Damenbart
und Haut ganz ohne Stippen.

»Ein neuer Anfang«, oh, wie wahr!
Du scheinst das Glück zu saugen.
Wo einst nur Magenfalte war,
nun Gloss und Glanz und Augen.

Oh Angela, du bist on top!
Nicht Printe, sondern Print.
Du Wunder aus dem Fotoshop.
Du hängst bei mir im Spind.

Aus meinen Kriegstagebüchern

Drohkulisse Angela Merkel

Donnerstag, 20. März 2003

Im Deutschen Bundestag findet eine Bundestagsdebatte statt.

Es spricht Angela Merkel von der CDU. Frau Merkel stammt aus der ehemaligen DDR und wurde von und aus ihr friedlich befreit. Im Grunde genommen eine gute Sache. Andererseits darf sie jetzt eben im Bundestag was sagen.

Angela Merkel sagt erstmal so ungefähr das, was alle sagen. Krieg sei nicht so toll undsoweiter. Dann aber ergreift sie im Gegensatz zu anderen Rednern ausdrücklich Partei für die USA. Sinngemäß sagt Frau Merkel, dass es ohne den Druck der USA nie und nimmer zu einer Abrüstung des Irak gekommen wäre. Dabei benutzt sie immerzu das Wort »Drohkulisse«. Durch die »Drohkulisse« der USA sei der Diktator gezwungen worden ... Nur durch die Aufrechterhaltung einer glaubwürdigen »Drohkulisse« sei es möglich gewesen, dass ... »Drohkulisse, Drohkulisse, Drohkulisse«. Je öfter Frau Merkel das Wort ausspricht, desto mehr entfernt man sich in Gedanken vom eigentlichen Thema ihrer Rede. Irgendwann sieht man nur noch eine unkomische Frau mit verkrampft gebeugtem Rücken und ständig wie an Fäden hoch und runter gezogenen

Händen im Fernseher stehen und dieses eine Wort sagen: »Drohkulisse!«

Und dann fragt man sich, ob dieses Wort extra für diese Frau erfunden wurde. Und ob sie es damals schon immer gesagt hat. Und ob das der Grund war, dass das diktatorische DDR-Regime ohne Waffengewalt aufgegeben hat. Und ob die Vereinten Nationen nicht gut daran getan hätten, statt Herrn Blix Frau Merkel nach Bagdad zu schicken.

Ein Jahr lang jeden Morgen bei Sonnenaufgang statt des örtlichen Muezzins 10 Minuten Frau Merkel »Drohkulisse« sagen lassen – und der Gesichtsschrubber Saddam hätte sich längst freiwillig auf den Misthaufen der Geschichte entsorgt.

Irgendwann ist man dann aber wieder in der wirklichen Wirklichkeit gelandet. Jetzt redet Guido Westerwelle und man merkt, dass man in Gedanken ganz gedankenlos selbst Frau Merkel Unrecht getan hat.

Dokumente zum Stand der Kapitalismuskritik: Moses, Münte, Buttercreme

Am 1. Mai 2005 predigte der SPD-Vorsitzende Franz Müntefering von der Kanzel der evangelischen Bonner Kreuzkirchengemeinde. Müntefering nutzte auch diese Gelegenheit, um seine Kritik an den Auswüchsen des herrschenden Kapitalismus zu vertiefen. Unter dem Titel »Die Barmherzigen und die Gerechtigkeit« bezog sich der südwestfälische Katholik noch einmal ausdrücklich auf die bereits zuvor von ihm gleichnishaft in die Debatte geworfenen »Verheerungen«, hier insbesondere auf die in den Büchern Mose beschriebene achte der »10 Plagen«, also dem »Heuschreckenschwarm«, den Gott über Ägypten schickte, weil der Pharao das hebräische Volk nicht ziehen lassen wollte.

Im Anschluss an Münteferings Predigt fand im Versammlungsraum der Frauenhilfe der Kreuzkirchengemeinde eine Diskussion statt, an der neben Müntefering noch folgende Personen teilnahmen:

PROF. DR. OTTO GROPPINGER, em. Prof. für Philosophie, lehrte dialektischen und historischen Materialismus an der Karl-Marx-Universität Leipzig.

HILDE SALENFELD, Vorsitzende der Frauenhilfe der Kreuzkirchengemeinde und Hausfrau.

DIETER HUNDT, Präsident der Bundesvereinigung der Deutschen Arbeitgeberverbände.

HEINZ WILLISCH, Hartz-IV-Betroffener und Gelegenheitstaxifahrer.

Moderiert wurde das Gespräch von Gemeindepfarrer GÖTZ KRATZENSTEIN, der uns freundlicherweise das Gesprächsprotokoll zur Verfügung stellte.

KRATZENSTEIN: Herr Müntefering, das waren ja harte Worte, die Sie auch heute gefunden haben. Aber wie ich immer sage: Das alte Testament kennt keine Verwandten.

MÜNTEFERING: Jasicha. 2. Buch Münte, nee Mose, 8,16–20: »Wirtschaft ist für die Menschen da!«, nee, warte mal, so rum: »Und der HERR sprach zu Münte: Mach dich morgen früh auf die Socken, tritt vor den Hundt, den alten Sauhund, und sag ihm: So spricht der HERR: Lass die Völker zur Arbeit ziehen, damit sie was verdienen und sich Sachen kaufen können!«

HUNDT: Ich finde das zum Kotzen, was derzeit in dieser Republik abläuft. Zum Kotzen!

MÜNTEFERING: Ja, kotz du ruhig. Auf deinen Kotzhaufen gehen die Fliegen drauf.

HUNDT: Wie bitte?

MÜNTEFERING: Fliegen! Stechfliegen! Mücken! 4. Plage! 2. Buch Münte: »Und der HERR sprach: Wenn du die Völker nicht zur Arbeit ziehen lässt, so werd ich die Stechfliegen ziehen lassen über dich und deinen stinkenden Kotzhaufen. Und dein Kapitalistenhaus wird bis oben hin voll sein mit Stechfliegen.«

WILLISCH: Ihr quatscht doch nur. Ihr tut ja nix. Wird Zeit, datt andere Seiten aufgezogen werden. Datt mal einer kommt, der Ordnung schafft!

KRATZENSTEIN: Und an wen dachten Sie da so?

WILLISCH: Schade, datt der schon tot ist!

FRAU SALENFELD: Oh – ein Sterbefall? Ich könnte Streuselkuchen backen.

KRATZENSTEIN: Später, gute Frau. Professor Groppinger, was sagen Sie denn zu der marxistisch-theologischen Kapitalismuskritik des Herrn Müntefering.

GROPPINGER: Da bleibt die Bibel natürlich unkonkret. Sie kannte noch nicht die wirkliche Akkumulation des Kapitals. Heute wissen wir: Neben der wirklichen Akkumulation oder Verwandlung des Mehrwertes in produktives Kapital läuft Geldakkumulation, Zusammenscharren eines Teils des Mehrwerts als latentes Geldkapital, das erst später, sobald es gewissen Umfang erreicht, als zuschüssiges aktives Kapital fungieren soll.

MÜNTE: Moses?

GROPPINGER: Marx.

WILLISCH: Schade, datt der schon tot ist.

KRATZENSTEIN: Herr Willisch, der ist auch tot, aber den meinen Sie nicht.

FRAU SALENFELD: Oder vielleicht Mohnkuchen?

HUNDT: Zum Kotzen!!!

FRAU SALENFELD: Gott, wie unhöflich.

MÜNTEFERING: Ja, so isser, der Kapitalist. Aber Dich kriegen wir auch noch, Hundt. Dich mach ich zum Frosch.

KRATZENSTEIN: Jetzt meinen Sie die 2. Plage, die Frösche.

MÜNTEFERING: Und der HERR sprach zu Münte: Strecke deine Hand aus und lass die Frösche über das Land kommen. Auf Deutsch: Krötenwanderung.

KRATZENSTEIN: Und dann?

MÜNTEFERING: Krötentunnel abbauen. Und dann immer mit dem Auto drüber. Problem erledigt.

WILLISCH: Für die Frösche tut ihr alles – aber der kleine Mann kuckt in die Röhre. Wird Zeit, datt mal einer kommt, der …

KRATZENSTEIN: Der ist tooohooot!

FRAU SALENFELD: Spritzgebäck?

HUNDT: Ich könnt' kotzen!!!

FRAU SALENFELD: Sie machen mir Angst.

GROPPINGER: Alle typischen Merkmale des Kapitalismus erzeugen Angst. Der entscheidende Widerspruch des kapitalistischen Wirtschaftssystems, in dem sich alle übrigen Widersprüche zusammenfassen lassen, ist der zwischen dem gesellschaftlichen Charakter der Produktion und der privaten Form der Aneignung.

FRAU SALENFELD: Aha.

Kratzenstein: Was ich an Ihrem Gleichnis noch nicht begreife, Herr Müntefering. Wenn Sie Moses sind und Herr Hundt ist der Anführer der Heuschrecken, dann tragen doch eigentlich Sie die Schuld.

MÜNTEFERING: Dummes Zeug. Wieso?

KRATZENSTEIN: Weil Sie ihn dann geschickt hätten. Moses Münte war ja nur Werkzeug des Herrn. Er schickte die Plage, also den Heuschreckenhundt über das Land des Pharao. Wer ist denn jetzt eigentlich der Pharao und warum haben Sie Herrn Hundt gegen ihn eingesetzt?

MÜNTE: Zu kompliziert, die Frage. Versteht kein Mensch. Ich mach Realpolitik.

WILLISCH: Der, den ich da mein', seit wann ist der denn tot?

FRAU SALENFELD: Wie wär's denn mit Buttercremetorte?

ALLE ANDEREN: Au ja!!!

Halloween Two O O Five

Prost, Amen, Alles Wurscht!

Ich wusste, dass es ein ereignisreicher und unruhiger Wochen- und Monatsanfang werden würde. Die im vergangenen Jahr gesammelten Erfahrungen veranlassten mich, den Monatswechsel von Oktober auf November nicht ein weiteres Mal so unvorbereitet anzugehen. Freundlicherweise wird einem von der Zeitumstellbehörde am 30. Oktober eine Stunde Federbett zusätzlich und gratis gewährt, so dass ich den Herausforderungen dieses Mal recht ausgeschlafen entgegensehen konnte.

Im letzten Jahr hatte ich versagt. Der 31. Oktober und der 1. November waren ganz schlechte Tage gewesen. Sie hinterließen mich in einer unguten Gemütsverfassung. Ich pendelte zwischen den Polen Unzufriedenheit und Traurigkeit und wenn ich aus dem Fenster in den Himmel schaute, sah ich mein blindes Spiegelbild in grauen Novemberregenwolken.

»Das hättest du alles sehr viel souveräner handhaben müssen. Du bist schließlich lange genug auf der Erde. Gelassenheit, Großzügigkeit und eine vernünftige Portion Altersmilde sind das wenigste, was du von dir erwarten solltest. Du hast dich unzivilisiert benommen und als du völlig die Fassung verloren und kleine Kinder angeschrieen hast, da warst du einfach nur noch ein lächerlicher, alter Sack!«

So sprach es aus mir zu mir. Ja, ich hatte das getan, was

ich an allen selbsternannten Erziehungsberechtigten ungefähr so sympathisch finde wie eine Blähung im vollbesetzten Aufzug. Ich hatte Kinder angebrüllt. Völlig unverhältnismäßig und zuletzt sogar in Injurien, die allenfalls FSK ab 16 waren. Und warum? Weil diese Kinder an diesen beiden Tagen in unregelmäßigen Abständen und in Zweier- bis Zehnerformationen an meiner Tür geklingelt hatten. Weil sie in allerlei Gespensterkostümen steckend mit krawetzigem Getöse kindlich rumrandalierten und irgendetwas von mir einforderten, das ich zunächst nicht verstehen konnte. Das lag einerseits an ihren zaumzeugartigen Zahnspangen, vor allem aber an meiner Dummheit. Die Kinder feierten ja nur Halloween, diesen herbstlichen, amerikanischen Karnevalsexport, der mir noch weniger sagte als ihnen. Ihnen aber muss er auch nichts sagen. Sie nehmen ja nur das selbstverständliche Grundrecht aller Kröten wahr: Jede halbwegs legitimierte Gelegenheit nutzen, um rumzurandalieren, Gespenstermasken zu tragen und Süßigkeiten abzustauben. Ich aber hätte wissen sollen, was das soll. Und wenn schon nicht wissen, dann doch wenigstens erwachsen hinnehmen, also durch Herausgabe hinreichender Rationen mittelmäßiger Schokolade für Zahnspangenkorrosion auf ihrer und Ruhe auf meiner Seite zu sorgen.

Stattdessen benahm ich mich einfach nur ekelhaft. Den ersten Klingelmännchen wies ich noch mit stummer Übellaunigkeit die Tür. Der nächsten Kleingruppe händigte ich hämisch grinsend ein verdorbenes Lösegeld in Form zweier kompostreifer Äpfel aus. Als aber ein zirka Sechserpack Fünf- bis Achtjähriger nach Türöffnung draußen die ersten Knallfrösche zündete und damit bei meinem verstörten Kleinhaustier drinnen für täuschend echte epileptische Anfälle sorgte, rastete ich bereits das erste Mal lautstark aus: »Wisst ihr, was heute ist? Heute ist Reformationstag!

Schonmal was von Martin Luther gehört? Schokolade gibt's erst, wenn ihr wenigstens 20 von 95 Wittenberger Thesen auswendig aufsagen könnt! Und jetzt verpisst euch, ihr Kürbisköpfe!!!«

Als die Belagerungszustände auch am folgenden Tag, dem 1. November, nicht nachließen und weitere Gruppen von Kindergarten- und Grundschulkommandos »Süßes« begehrten, gab ich ihnen richtig Saures. Jetzt mussten die Unschuldigen ein aggressives Gemisch aus nicht druckreifen Beschimpfungen und hochnäsigen Belehrungen in spontan erfundener Allerheiligen-Kunde über sich ergehen lassen, bevor ihnen die Tür vor Stupsnase und Scream-Maske zugeknallt wurde.

Der an Unwürdigkeit nicht zu unterbietende Tiefpunkt meines Halloween-Desasters aber war damit noch nicht erreicht. Draußen erledigte die Natur ihren ewigen Novemberauftrag und lag fristgerecht im Sterben. Im rechten Glauben ausgebildeten Katholiken wird in diesem milchigen Miesmatsch angeblich die ewige Welt der Heiligen sichtbar. Das halte ich allerdings für ein Gerücht, beziehungsweise für eine durch Einnahme hochprozentiger Allerheiligen-Getränke verursachte Bewusstseinstrübung. Obwohl ich mit dem gläubischen Hokuspokus nichts im Sinn habe, war auch ich am frühfinsteren Abend dieses 1. Novembers in ein weitergehendes Stadium übergetreten. Zwei, drei Schoppen Spätburgunder ließen mich noch nicht Gespenster, immerhin aber einen als Kachelmann verkleideten Sensenmann sehen. Fernseh-Freund Hein ließ virtuellen Nebel durch die Glotzen-Gasse wabern und als es dann noch laut und deutlich Ding-Dong machte, erhob ich mich, um meinen letzten Gang zur Tür zu gehen. Ich öffnete.

Aber nein! Das, was da jetzt vor der Tür zu besichtigen

war, konnte auf gar keinen Fall der letzte Abholer sein. Viel zu jung, viel zu weiblich und außerdem zu zweit. Das an trauriger Gestalt nicht zu überbietende Mädchen-Doppel war zusammen ungefähr 12 Jahre alt. Eine mindestens gemütskranke, wahrscheinlich aber hirntote Mutter hatte sie in grottenhässliche, von irgendeinem Vorkriegskinderkarneval übrig gebliebene Kostümfetzen gesteckt und sie so zum Anschaffen auf die Straße gejagt. Der Größeren hatte sie einen stockfleckigen Ökoleinenbeutel ins Händchen gedrückt. Ich warf einen gefühlte 10 Minuten dauernden, leeren Blick auf die erbarmungswürdigen, stummen Geschöpfchen. Die beiden bekamen Angst, das war nicht zu übersehen. Die Kleinere trat ein Schrittchen zurück und ging hinter der Erstgeborenen in Deckung. Spätestens jetzt wäre es an mir gewesen, ein gutmütiger, freundlicher älterer Herr zu sein, der das von den erbärmlichen Erzeugern geprägte Erwachsenenbild der beiden auslöschte. Ich aber war nur noch der vom zweitägigen Blagenspektakel ausgelutschte und vom Burgunder eingefärbte böse Hochdruck-Onkel. Aus mir sprach nichts anderes mehr als Unmenschlichkeit, und die hörte ich mit grabkalter, heiserer Stimme fragen: »Was wollt ihr?« Die Ältere nahm allen Restmut zusammen und antwortete leise zitternd: »Wir sammeln für Halloween.«

»Hier gibt's nix. Geht nach Hause. Und wenn ihr da sowas ähnliches wie eine Mutter habt, sagt ihr, sie soll euch was Anständiges anziehen. In diesen Lumpen dürft ihr noch nicht mal bei der Harry-Potter-Altkleiderparty von der AWO mitmachen!« Das war das letzte, was die beiden von mir hörten, bevor sich meine Tür vor ihnen schloss.

Ich hatte die Klinke noch in der Hand, als in mir schlechtes Gewissen aufstieg wie Reflux in der Speiseröhre. Mir war wie ich gewesen war, zum Kotzen. Noch am selben Abend fasste ich den festen Vorsatz, dass ich im nächsten Jahr noch wissen würde, was ich am letzten Halloween gemacht hatte. Ich würde vorbereitet sein und ich war vorbereitet. Ausreichende und hochwertige Schokoladenrationen waren vorrätig, als die Gespensterkolonnen 2005 anrückten. Von jedem noch so unterklassig kostümierten Skelett ließ ich mich vorbildlich erschrecken und rückte die Belohnung raus. Kein Klingelmännchen wurde in evangelischer Religionskunde abgefragt. Entsprechende Unterweisungen schienen ohnehin überflüssig, denn die ARD, der Kulturkanal für bildungsferne Schichten, verstrahlte am Reformationsabend den Kitschriemen »Luther in love«.

Reumütig tat ich also Buße, wie es der Reformator mir aufgetragen hat. Ich hatte mein Motto und Mantra gefunden: »Luther bei die Fische!« Pünktlich um 24 Uhr hob ich mein Spätburgunderglas zum Abschied des Halloween- und zum Gruße des Allerheiligenfestes und schmetterte martingleich die Wittenberger Thesen Nummer 94 und 95 in die hohle Luft: »Ich will dem Haupt Christus durch Strafen, Tod und Hölle nachzufolgen trachten und lieber darauf trauen, durch viele Trübsale ins Himmelreich einzugehen, als mich in falscher geistlicher Sicherheit zu beruhigen!« Prost, Amen und ein dreifach-kräftiges: Istdochehalleswurscht!

Angriff auf die folgende Sendung

Mördergrube Christiansen

Gute Krimis im Deutschen Fernsehen sind rar. Garant für gleichbleibend ordentliche Qualität ist die ARD mit ihren »Tatort«- und »Polizeiruf«-Reihen – konventioneller, zuverlässiger Stoff mit gelegentlichen Ausreißern nach oben. Dazu zählen regelmäßig die WDR-Tatorte mit den zum Glück gar nicht kölschen Kommissaren Schenk (Dietmar Bär) und Ballauf (Klaus J. Behrendt). In der 35. Folge »Mördergrube« hielten die beiden den Fall 90 Minuten lang souverän auf Spannung, ohne sich schauspielerisch wichtig zu machen. Der bis in die Nebenrollen hinein hervorragend besetzte Film spielte im erfreulich abstoßend gezeichneten Juristenmilieu, hinterließ drei Leichen und wenigstens einen zufriedenen Zuschauer – mich.

Es muss dieser durch Betrachten von Fernsehprogrammen selten herzustellende Zustand gewesen sein, der mich länger als gewöhnlich vor dem Gerät verharren ließ. In Normalform hätte ich selbstverständlich getan, was ich tun muss, wenn ich am Sonntagabend um 21 Uhr 45 die Tatort-Leichen gezählt habe. Ich hätte zur Rezensenten-Dienstwaffe gegriffen und der Glotze das Licht ausgeknippst. So aber wurde ich nach langer Zeit wieder einmal Opfer des zutiefst protestantisch, weil lustfeindlich orientierten öffentlich-rechtlichen Strafsystems. In ebendiesem aber gilt das Erste Gebot, dass am siebten Fernsehtag auf

Genuss Reue, auf Zuckerbrot Peitsche, mithin auf »Tatort« »Sabine Christiansen« zu folgen hat. Und da die ARD-Statuten nach einem besonders gelungenen Kriminalfilm eine besonders rückstandsfreie Läuterung des Delinquenten vorsehen, ging die Unaussprechliche an diesem Faschingssonntagabend unverkennbar als Exekutorin. Eingenäht ins kniedeckende Schwarze verhieß die Zuchtmeisterin aller Sitzengebliebenen die stumme Botschaft: »Das Auge sieht mit! Schaut her, ihr Elenden! Ich bin's, Sabine Sabbel, gleich werde ich den Mund öffnen und ihr werdet euch wünschen, der Herr hätte euch keine Ohren gegeben!«

Ich will mich nicht rausreden. Spätestens nach dieser ersten Wahrnehmung hätte ich die Konsequenzen, also die Fernbedienung ziehen müssen. Jedes weitere Jammern kann deshalb nur das über die Träg- und Dummheit sein, fahrlässig der eigenen Verurteilung beigewohnt zu haben. Zu Protokoll gegeben sei aber der Vollständigkeit halber das ganze Ausmaß des schrecklichen Strafgerichtes.

Es bestand neben der Präsidentin aus einem siebenschwänzigen Expertenbeirat, der der Form halber zum Thema »Senderechte an Fußballweltmeisterschaften« sprechen musste. Die perfide Zusammensetzung der Runde gipfelte in der Person des Leverkusener Fußballmanagers Calmund, dessen gewaltige, gallertartige Körpermasse nur durch die Mattscheibe davon abgehalten werden konnte, in mein Wohnzimmer zu wabern. Die verbliebene Studiokapazität wurde mit je einem WDR-Intendanten, Privatfernseh-Schergen, ZDF-Ansager sowie drei Statisten aus dem Gemeinschaftsfundus von DFB, SPD und CDU ausgefüllt.

Während die Beischwätzer unter ständiger Gefahr, von Calmunds Wanderwanst erstickt zu werden, 60 Minuten lang und immer alle gleichzeitig die Gesprächsleitung an sich rissen, rückte die Unsagbare ab und zu ihre telegenetische Figur in Position und krähte die eine oder andere satzähnliche Struktur in die nicht vorhandenen Gesprächspausen. Ihre längst legendäre, themenunabhängige Unzuständigkeit wurde aber selbst bei diesen nur fetzenhaft zu erhaschenden Einwürfen zum Komplex »Fußballsenderechte« endgültig Legion. Nie hat man jemals einen Journalistendarsteller des Ersten Deutschen Fernsehens so unbelastet von Wissen etwas in ein Mikrofon machen hören.

Das perfekteste TV-Strafgericht hinterließ mich so, wie es seine Erfinder geplant hatten, mit einem tiefen Schuldgefühl. Zermürbt sackte ich vor dem Fernseher zusammen. Gevatter Schlaf schenkte mir einen schönen Traum. Der Tatort hatte Überlänge und griff die nachfolgende Sendung an. Schenk und Ballauf erledigten ihren Job effektiv und leidenschaftslos, nahmen die ganze Bagage mit aufs Revier und knebelten die randalierende Moderatorin mit Teilen von Calmunds Körper.

Für alle, die Blut geleckt haben: Fortsetzung am kommenden Sonntag.

Tiere suchen ein Zuhause

Manches Leckre, vieles Gute
kommt zum Feste aus dem Osten.
Auch die Hafermastgans Ute
ließ sich fern in Polen frosten.

Ute zog im Lastkraftwagen
via Leipzig weiter westlich,
wo schon hunderttausend lagen,
bunt verpackt und weihnachtsfestlich.

Muss nun steif in Eisesruhe
jenes Tiefkühlschicksal fristen,
Ute in der Tiefpreistruhe,
hoffend auf den guten Christen.

Jenen, der sein Herz für Tiere
öffnet wie sein Portemonnaie,
auf dass Ute nicht mehr friere
und alsbald die Lichter säh.

Dass die Umluft sie umschließe
und ihr Weihnachtsglocken läuten,
dass sich heißes Fett ergieße
aus den Weihnachtsgänsehäuten.

Viele mussten emigrieren
und verdienen nun Belohnung.
Lasst sie nicht in Truhen frieren,
bietet Ute Eure Wohnung.

Weihnachtsfest, das heißt doch »Geben«,
gebt dem Braten einen Namen.
Ute ließ für Euch ihr Leben –
Halleluja, Mahlzeit, Amen.

Schlechte Stimmung? Ja, selbstverständlich!

Unbedingt vorgegangen werden muss mal gegen die Verteufelung der schlechten Stimmung. Immerzu und überall fordern professionelle Hysteriker, dass gefälligst die Stimmung besser zu werden hat. Sofort! Sonst wird das nichts mehr mit Deutschland!

Sobald Deutsche das ganze Deutschland in den Mund nehmen, sollte man vorsichtshalber per se mal die Stimmung senken. Nationalem Maulheldentum ganz gleich aus welcher Richtung muss mindestens mit Missachtung begegnet werden. Schlechte Stimmung zur rechten Zeit ist völlig in Ordnung! Als Notwehrreaktion geradezu geboten und damit vorbildlich!

»Schlechte Verbraucherstimmung hält an. Der deutsche Binnenmarkt leidet unter der Kaufzurückhaltung der Konsumenten«? Ja, warum denn nicht? Die Leiden des ganzen deutschen Binnenmarkts kenne ich nicht, die des einzelnen Verbrauchers schon. Einmal habe ich in einem großen Kaufhaus versucht, ein Paar nicht preisreduzierte Socken zu kaufen. Fehlanzeige, es gab nur welche mit Rabatt. Dieser Zwang zum Ramschkonsum verursachte mir schlechte Laune. Der Dame an der Kasse ganz offensichtlich auch. Das kann ich gut verstehen. Sie fände es vielleicht besser, normale Ware zum normalen Preis an Menschen zu verkaufen, die sie sich leisten wollen. Stattdessen muss sie aber den lausigen langen Arbeitstag lang in magenfaltige Konsumentengesichter wie meins schauen. Warum sollte sie ausgerechnet zu mir freundlich und zuvorkommend sein? Für sie war ich selbstverständlich auch nur einer dieser geizigen Schnäppchenjäger, die auf nichts anderes mehr geil sind als auf billige Angebote.

Vielleicht hatte die Kaufhausangestellte vor der Arbeit auch Zeitung gelesen oder Radio gehört und die Nachrichten persönlich genommen. »Die Deutschen sollen nach dem Willen der Wirtschaft fürs gleiche Geld länger arbeiten«, damit es den deutschen Betrieben wieder besser gehe. Ein bis zwei Stunden Arbeit mehr in der Woche seien der verträglichste Weg, das Einkommen der Beschäftigten zu sichern. Man kann wohl davon ausgehen, dass eine Kassiererin das kleine Einmaleins beherrscht und im Kopf kurz überschlagen hat, dass die sogenannte »Wirtschaft« samt angeschlossenen Politikern gerade vorschlug, sie solle ihr Einkommen durch Lohnverzicht sichern. Seit wann führen derart plumpe Versuche, Menschen für dumm zu verkaufen, bei denen zu guter Laune?

Der großmäuligen Klage über die »schlechte Stimmung« in diesem Land schließen die Lautsprecher wechselnder Interessensverbände auch gerne die Forderung an, es müsse endlich ein Ende haben mit dem Gejammer ewiggestriger Besitzstandswahrer. Auf solche Einmischung in innere Angelegenheiten reagiert der Gemeinte ebenfalls am besten mit Befehlsverweigerung. Wer sollte das Recht haben, zum Beispiel von einer Kaufhaus-Kassiererin zu verlangen, dass sie ihre mittelfristige Zukunft als Mehrarbeitende und Wenigerbezahlte auch noch glücklich bejubelt? Wenigstens laut und deutlich jammern wird sie doch wohl dürfen, solange sie mir noch billige Socken verkaufen muss.

Die Karwoche im ICE

Die Woche des Wehklagens, die Karwoche hatte begonnen. Es war Montag und ich befand mich auf der Zugfahrt von Berlin ins Ruhrgebiet. Kein Grund zu jammern. Das hier war nicht der Leidensweg des palästinensischen Hippies und die wenigen Haltestellen des ICE waren nicht seine Passionsstationen. Die Geräusche der anderen Passagiere drangen kaum an mich heran. Ich hatte mich mit Hilfe von Henning Mankell in Wahrnehmungswatte gepackt. Kommissar Wallander war nach berufsbedingter Einjahresdepression wieder zu gewohnter Form aufgelaufen. »Der Mann, der lächelte«, ein smarter, international operierender Organhändler stand kurz vor der Enttarnung. Ich war guter Dinge, den Fall noch vor Dortmund erledigt zu haben, als mich die schreckliche Drohung des ICE-Zugchefs erreichte.

»In Hamm-Hauptbahnhof wird der Zug geteilt!«

Ich riss den Kopf hoch und schaute aus dem Fenster. Hatte ich mich nur verhört? Nein, das war nicht das langweilige, schwedische Schonen. Das waren eindeutig westfälische Einöden, die draußen vorbeiflogen. Letzte Zweifel daran vertrieb der aufgeräumte Hiob über Bordlautsprecher mit der schmissig vorgetragenen Ankündigung, man werde »in wenigen Minuten Hamm«, also den Ort der Exekution erreichen. Wie hatte man sich so eine Zugteilung eigentlich vorzustellen? Der ICE »Ferdinand Sauerbruch« rollt in den Bahnhof und wird dann in Manier seines Namensgebers mit einem sauberen Schnitt chirurgisch durchtrennt? Und wenn, wo wird das Skalpell angesetzt? Nur in der Mitte? Oder mehrmals? Auch hier, im Wagen 27, Raucher, 1. Klasse? Sollte ich mich jetzt besser noch schnell umsetzen oder wenigstens im Mitropa-Restaurant einen letzten Nordhäuser kippen?

Außer mir jedoch schien niemand beunruhigt. Die Sauerbruch-Patienten gingen ungerührt ihren üblichen Verrichtungen nach und fügten sich stoisch ins unausweichliche Schicksal. Als sei das angekündigte Gemetzel nur eine weitere, nicht ernst zu nehmende Deutsche Bahn typische Angeberei, wurden die gewohnt unwesentlichen Telefonate geführt, Laptops herauf- und heruntergefahren, zigarettenschachtelkleine Videomonitore hypnotisiert und mit Zeitungspapier geraschelt.

Ich beschloss, den Kriminalfall ruhen zu lassen und klappte das angebrochene Buch zu. Vielleicht rührte meine Nervosität ja auch nur von der allzu autistischen Beschäftigung mit der abstoßenden Materie des Weltorganhandels her. Besser womöglich, wenn auch ich zu einem leichter verdaulichen Zerstreuungsmedium griff. Aber auch die Tagespresse stand eindeutig kurz vor Karfreitag. In der *Bild* wrang Franz-Josef Wagner seine ranzigen Körperflüssigkeiten aus. Soweit noch nichts Ungewöhnliches. Wagner arbeitet seit Jahren an seinem eigenen Ölberg. Vielleicht bekommt er ihn ja bis zur nächsten Himmelfahrt hin.

Doch die anderen Blätter hatten ebenfalls nur Apokalypse im Angebot. Wären Zeitungsworte Geräusche, so klängen diese wie Schläge, die Nägel in Holzkreuze treiben. Es hämmerte nur so von »bakteriellen Mischinfektionen« und »Moderhinke«, von »Fäulnisgeruch« und »ablösendem Klauenhorn«, dem sogenannten »Ausschuhen«.

Als ich »Horizontale Übertragungswege« und »Fieberbläschen an der Rüsselscheibe« las, rollte Ferdinand Sauerbruch im Hammer ICE-OP-Steig ein. Demütig ließ ich Zeitung wie Kopf sinken und erwartete den letzten Schnitt.

Endlos quälende zehn Minuten lang geschah nichts. Dann ging ein kurzes Rucken durch den Zug und er fuhr langsam an. Die Teilung hatte offensichtlich woanders stattgefunden. Wagen 27 war verschont geblieben.

Am Gründonnerstag machte ich mich auf den Rückweg nach Berlin. Ich saß im ICE »Anna Seghers« und betrachtete nachdenklich das Buch auf meinem Schoß, »Das siebte Kreuz«. Sollte ich oder sollte ich nicht? Noch während mich diese Gedanken beschäftigten, meldete sich der Zugchef.

»In wenigen Minuten erreichen wir Hamm-Hauptbahnhof. Wir werden dort einen längeren Aufenthalt als gewöhnlich haben. Der hintere Zugteil meldet sieben Minuten Verspätung.«

Ich griff zum Buch und erwartete sehr gefasst den Aufschlag.

Post an Wagner

Lieber Franz-Josef Wagner,

oft schon haben Sie dem Tod ins Auge geschaut. Gestern erst wieder. Der Tod sah hässlich aus. Ein alter Sack. Er hatte genauso viele Falten wie der schlappe Balg zwischen ihren Beinen und roch auch so. Der Tod grinste Sie aus einer Schneidezahnlücke an und sagte: »Los, Wagner, trink' mich aus!«

Als Sie das Glas geleert hatten, war der Tod verschwunden. Nur eine fettige Haarfluse auf dem Tisch der Berliner Paris-Bar erinnerte noch an seinen Besuch. Sie wischten sie weg, aber sofort fiel eine neue von oben herunter. Sie hatte ein paar Schuppen mitgebracht. Oder war es schmutziger Schnee?

Etwas Ungewohntes zuckte durch Ihren Kopf. Schon befürchteten Sie, es sei ein Gedanke, aber da brachte die Bedienung bereits das nächste Glas. Ölig glänzte Ihnen ein anderes Gesicht entgegen. Kein Zweifel, das war jetzt Gott. Gott sah besser aus als der Tod. »Schon besser«, freuten Sie sich, »Gott sieht aus wie ich, vielleicht sind wir Zwillinge«. Prompt machte sich irgendetwas in Ihnen breit. Ganz warm kam es Ihnen vor, fließend und raumgreifend. Was konnte das sein? Stolz? Bruderliebe? Harndruck?

Hastig tranken Sie Gott aus und eilten in die Toilette.

Jetzt musste es ganz schnell gehen. In einer halben Stunde war Redaktionsschluss. Der Druck wurde immer unausstehlicher. Oben suchte die Linke Halt an den Kacheln, unten die Rechte den Weg durch das Inventar Ihrer Persönlichkeit. Was da alles herumlag. Reste von gestern, ein Panini-Sammelbildchen von Jesus, der faltige Doppelgänger des Todes und: Eine goldene Feder! Die hatte Ihnen der RTL-Chef Hans Mahr geschenkt. Ein Preis des Bauer-Verlags für den »meistgelesenen Kolumnisten Deutschlands«. »Pop-Poet« hatte der Österreicher Sie menannt und »einfühlsamer Mensch«.

»Ja, ja, einfühlen!« hörten Sie es aus sich herauswürgen, »ich muss mich einfühlen!« Die gelbgrünen Duftsteine im Becken unter Ihnen stimmten zu: »Fühl' Dich ein, Pop-Poet, fühl' Dich ein!« Übelkeit stieg in Ihnen auf. Sie hätten nicht alles durcheinander trinken sollen. »Mein Gott, warum hab' ich Dich gesoffen?!« entfuhr es Ihnen so kraftvoll, dass die barmherzige Bedienung das nächste Glas in die Toilette brachte und sich sofort danach diskret zurückzog.

Sie nahmen den Wodka ohne Ansehen des Spiegelbildes mit links und ex, verloren den letzten Halt und kamen krachend unter dem Porzellan zu liegen. In Ihrem Innern vibrierte jetzt alles. Mit beiden Fäusten schlugen Sie sich in die Lendengegend.

Die goldene Feder zersplitterte in tausend Stücke und der Alarm erlosch. Sie waren dem Zusammenbruch nahe. Was kann ein Mensch aushalten? Gott und den Tod an einem einzigen Tag zu sehen vielleicht noch, aber auf dem Boden einer Toilette liegend das eigene Handy in der Unterhose zu finden, das konnte nur der Teufel persönlich arrangiert haben.

»Wagner, wo bleibt Ihre Kolumne?!«, schrie es von unten hoch. *Bild*-Chef Kai Diekmann verlangte die sofortige telefonische Durchsage von 50 mal 33 Anschlägen.

Mit letzter Kraft richteten Sie sich auf, warfen das Handy ins Urinal zwischen die Duftsteine und erledigten endlich das Unausweichliche. Es dauerte nur wenig länger als eine Minute, aber am nächsten Tag würden es über zwei Millionen Menschen lesen können.

Herzlichst
Ihr F. Eckenga

Genuss fängt beim Einkauf an!

Im Winter 2003 fand der letzte Winterschlussverkauf statt. Schlussverkäufe gibt es seitdem nicht mehr. Eine über hundertjährige Geschichte wurde vom Gesetzgeber höchstamtlich für beendet erklärt. Eineinhalb Jahre später ist Sommerschlussverkauf, obwohl der Sommer noch gar nicht zu Ende ist. Manche behaupten sogar, in Deutschland fange er erst, wenn überhaupt, im folgenden Monat an. Aber das ist ein meteorologisches Problem, für das der Fach-, also der Kachelmann verantwortlich ist. In meinen Zuständigkeitsbereich dagegen fallen Sonderangebote, beziehungsweise eben *Schlussverkäufe,* die es nicht mehr gibt und jetzt doch wieder.

Verstehen Sie das? Müssen Sie auch nicht. Ist ja ohnehin alles Wurst. Und Käse. Und Kraut und Rüben. Und Topflappen mit Obstmotiv. Und Stretchcordhosen. Und Edelstahlmarkenchampagnerverschlüsse und Spaghettiportionierschablonen. Und Handys und PCs und vorgekochter Industriefertigschweinefraß in Familienturnierpackungsgröße und im Single-Pack und und und. Der ganze Schnäppchenplunder eben, mit dem sich der sogenannte Endverbraucher im nicht enden wollenden kalenderunabhängigen Dauerschlussverkauf das Dasein zumüllt.

Mit Verachtung blickt der alteuropäische Kulturmensch in die Vereinigten Staaten von Amerika, wo ein Dokumentarfilmer nach vier Wochen Selbstversuch mit Dauerernährung beim Burger-Brater impotent wurde. Nach dem Kinobesuch trinkt der angewiderte Cineast noch einen Automaten-Latte-Macchiato in der Gastro-Mall des Movie-Centers, räsoniert mit seinen gleichgeschalteten Freunden noch ein wenig über die verfetteten Amis und radelt mit dem günstig geschnappten Alu-Bike vom Discounter in die von McElch ausgestattete praktisch-aber-mit-Stil-Wohnzelle, wo er sich vor dem Schlaf des Gerechten schnell noch eine Tiefkühlpizza ins Rohr schiebt.

Zum Sex kommt's auch in der USA-Provinz Germany nicht mehr so oft. Das ist wissenschaftlich durch. Sie wissen schon: Das demographische Problem – Deutschland vergreist. In Federbetten wird hier nur noch gewühlt, wenn sie zu Schleuderpreisen verramscht werden. Geiz ist auch hier seit langem ganzjährig so geil, dass Original-Geschlechtsverkehr vom Konsumenten nicht mehr nachgefragt wird.

Geiz und Habgier machen hässlich. Als wäre sie vom Todsündenpärchen geklont, quillt unansehnliche Verbrauchermasse ladenschlussbefreit in überall gleiche Schnäppchen-Vorstadthöllen und lädt sich Billigundviel in die Karre.

Und damit ja niemand vergisst, dass das alles gut und richtig ist, befiehlt die allgegenwärtige Rabattpropagandamaschine in endloser Schleife: Genuss fängt beim Einkauf an!!!

Also: Schmeißen Sie sich ins pralle Leben! Genießen Sie die Jahreszeit! Irgendeine! Kaufen Sie was Billiges! Und Schluss.

Gammel all the way

Gammelfleisch, Gammelfleisch,
gammel all the way,
gut schmeckt uns das Gammelfleisch,
auch am Christmas-Day.

Schnäppchendreck, Schnäppchendreck,
dashing through the meal,
abführn, abziehn und schon weg,
billig, schnell und viel.

Aufbackbrot, Aufbackbrot,
in der Röhre tief,
oh, what fun is Aufbackbrot-
mief am Christmas Eve.

Soßenfix, Soßenfix,
auch zur Weihnachtszeit,
bindet jeden Dreck wie nix,
making spirits bright.

Tütenkloß, Tütenkloß,
Wasser drauf und zack,
bist du christmaskugelgroß,
Kleister aus dem Sack.

Gammelfleisch, Gammelfleisch,
gammel all the way,
oh, what fun is Gammelfleisch,
every single day.

Käse-Ecken auf Reinhold Beckmann

»Bestes vom Bauern«
Die CMA ist Sportschau-Sponsor

Die ARD-Sportschau präsentiert die Fußballbundesliga. Die Centrale Marketing-Gesellschaft der Deutschen Agrarwirtschaft (CMA) präsentiert die ARD-Sportschau. Bestes vom Fußball und »Bestes vom Bauern«. Jetzt wurstet zusammen, was zusammengehört. Von links nach rechts spielt das gebührenfinanzierte öffentlich-rechtliche Fernsehen, von rechts nach links die mit öffentlichen Mitteln beigefütterte Promotion-Agentur der Ernährungswirtschaft.

Für die CMA ist die Sportschau »eine hervorragende Plattform«, um »einem breiten Publikum die Vielfalt und den Stellenwert deutscher Agrarprodukte« nahezubringen. Die mit 100 Millionen Euro Jahreshaushalt aasende Agrarindustrie-Lobby-Gesellschaft mbH hat dem Fußballendverbraucher allerdings auch einen großen Haufen in die Darmpassage zu stopfen. »CMA und McDonald's präsentieren die Power & Emotion-Tour – Fit mit Fleisch. Virtueller Zehnkampf in der McDonald's Arena. Den Top-Scorern winken Menü-Gutscheine.« Dazu »errubbelt« sich der vielfettige Sportschauer dann am besten einen »köstlichen Milchdrink« vom Rubbellos. Es liegt jedem »Energy-Drink« der CMA-»Milch-Bar-Karte« bei, die der Fußball-Liebhaber vielleicht in den »schönsten Käse-Ecken Deutschlands« gefunden hat. Dazu muss er allerdings am CMA-Käse-»Kreativ Award« teilgenommen und »eine Aktion mit Käse aus Deutschland« gestaltet haben.

Das ist natürlich eine anspruchsvolle, möglicherweise aber kontraproduktive Aufgabe. Soll der mit McDonald's-Menüs gemästete Milchshake-Rubbler etwa während der Sportschau aus dem Fernsehsessel aufstehen, sich von der Bundesliga entfernen und im Hobbykeller etwas Kreatives aus Allgäuer Emmentaler modellieren? Beziehungsweise die Glotze näher ranziehen und solange Kräuter-Käse-Ecken auf die Mattscheibe schmieren, bis Reinhold Beckmann nicht mehr zu sehen ist? So sehr das aus ästhetischen Gründen zu begrüßen wäre, muss man doch davon ausgehen, dass es nicht im Sinne der Auftraggeber und -nehmer sein kann.

Was CMA und ARD kreieren wollen, ist doch vielmehr der immer breiter werdende Bundesliga-Sitzsack. Ein bewegungs- und ausschaltunfähiger Quotenmacher, der spätestens in der Fußball-Winterpause dem idealtypischen Reiner »Fleisch ist ein Stück Lebenskraft« Calmund gleicht wie eine DIN-Leberwurst der anderen. Dann, in der bundesligafreien Zeit kann der fette Schatz immer noch gehoben und entschlackt werden. Schließlich soll er beim Rückrundenstart doch soviel abgeführt haben, dass er wenigstens wieder in der Lage ist, die Power-Taste der Fernbedienung zu drücken. Die CMA empfiehlt dazu aus der Vielfalt ihrer Bestes-vom-Bauern-Produktpalette den »Deli Fresh Lunch, ein Zwei-Komponenten-Mittagsmenü aus einem New Age Sandwich und einem Premium-Salat«.

Hochwertiger Fußball und hochwertige Nahrungsmittel. New-Age-Brötchen und Old-Fashioned-Waldihartmann. ARD-Premium-Pöhlerei und CMA-Premium-Salat. Sportsfreunde, denen davon übel wird, sollten also ins Stadion gehen und Wurst essen. Doch Vorsicht, auch das dient einem schlechten Zweck. Auf jedes verwurstete Industrie-Schwein erhebt die Bundesanstalt für Landwirtschaft und Ernährung (BLE) einen halben Euro Gebühr und leitet sie über den Umweg des sogenannten »Absatzfonds« an die CMA weiter. Die kann schließlich nicht von Luft und Liebe zum Fußball leben. Genausowenig wie die ARD und ihre leckere Sportschau.

Fußballmanager A spricht zum Themenkomplex: Tradition, Holz und Alleminium

Ich sag' ja immer: Der Ball ist rund und die Erde ist 'n Dorf. Die Welt passt in 'n Stadion. Und wer ist der Chef vom Stadion? Ich!

Kuckmal, ich bin ja ein Traditionsverein. Mich gibt's ja schon lange. Also, jetzt nicht solange wie den Verein, aber wer weiß – vielleicht hab' ich ja früher schon mal gelebt. Als was anderes. Zum Beispiel als Baum. Als Eiche. Im Sauerland. Und aus der Eiche haben sie dann vielleicht 'n Torpfosten gemacht, oder 'ne Latte. Und vielleicht fühl' ich mich dem Verein deswegen so verbunden, weil ich, als der Verein gegründet wurde, auch schon in verantwortlicher Position auf dem Sportplatz gestanden hab'. Als Tor.

Warum erzähl' ich dir das? Weil die Tore heute nicht mehr aus Holz sind. Sondern aus Alleminium. Und weil es darum sowas wie mich nicht nochmal geben wird. Denn, eins ist klar: In Alleminium – da ist kein Leben drin und keine Seele auch nicht. Totes Material. Als sowas wirst du nicht wiedergeboren und später mal Manager vom Traditionsverein. Das ist im Fußball nicht anders wie im übrigen Leben. Zum Beispiel in der Politik. Als der Fußball und die Politik noch aus Holz waren, da wurden noch harte Typen wiedergeboren. Wie ich. In der Politik genauso. Kuckmal – der Müntefering, das ist doch kein Zufall, dass der aus dem

Sauerland kommt. Kuck' dir von dem Münte mal den kantigen Kopp an. Der sieht doch genauso aus, als hätte der da vor über hundert Jahren auf irgend so 'm sauerländischen Hügel schonmal als Eiche rumgestanden. Und später ist er dann folgerichtig Vorsitzender von 'nem Traditionsverein geworden. Von der SPD. Und dann hat er sich selber gefällt. Bevor's die anderen tun. Die aus Alleminium. Richtig so. Respekt.

Ich hab' mich sowieso schon immer gewundert, dass der Münte das so lange mit dem Schröder ausgehalten hat. Schröder ist ja noch nicht mal aus Metall. Der ist ja aus Monoblockkunststoff. Egal – die Tradition in *dem* Verein – die ist jetzt jedenfalls auch endgültig im Arsch.

So – und da kannze jetzt inner nächsten Halbzeitpause mal 'ne Viertelstunde drüber nachdenken. Viertelstunde? Schaffst du schon. Glück auf.

Drei Sozialdemokraten

Herbert, Günther und Marco

Drei Sozialdemokraten. Der erste geht. Er hat eine schwarze Lederjacke aus Kunststoff an und abgewetzte Breitcordhosen. An der Hand trägt er eine nikotinbraune Aktentasche mit Schnappverschlüssen vorne drauf. In der anderen Hand glimmt eine Zigarette, Marke HB oder Ernte 23. So, wie er da hergeht, geht er nur noch hier, im Ruhrgebiet. Er geht von Haus zu Haus, und im Haus geht er von Tür zu Tür. Wir schreiben das Jahr 2005 und die Häuser, in denen es für den ersten Sozialdemokraten noch einen Sinn ergibt, von Tür zu Tür zu gehen, werden weniger. Ja, früher, als die SPD noch aus Holz war, da hat er fast an jeder fünften Tür geklopft oder geklingelt und es wurde ihm aufgemacht.

»Komm rein, Herbert. Schnäpschen?« wurde er begrüßt und Herbert kam rein, kriegte Schnäpschen und kassierte dann den Beitrag. Herbert, der erste Sozialdemokrat, ist Kassierer der SPD-Ortsgruppe. Die Ortsgruppe ist kleiner geworden und die meisten der weniger gewordenen Mitglieder zahlen ihre Beiträge bargeldlos. Wenn Herbert mal nicht mehr gehen kann, er ist schließlich nicht mehr der Jüngste, wird es kein anderer statt seiner tun. Muss ja auch nicht.

Dann wird man Herbert vielleicht noch mal sehen, wenn er den Kollegen von der Ortsgruppe im Wahlkampf dabei zukuckt, wie sie die Plakate auf die Aufsteller kleben. In der Doppelgarage von Heinz. Da passen gut zwei, drei Tapeziertische rein und dann immer drauf mit dem dicken Quast auf die Kandidaten. Das machen sie Freitag abends, anschließend trinken sie einen Kasten Bier leer. Und samstags werden die Kandidaten dann aufgestellt oder aufgehängt, mit 'nem dicken Kopf.

Bestimmt kuckt Herbert auch nochmal vorbei, wenn der DGB am 1. Mai auf dem Marktplatz seinen Traditionsbierstand mit »Pils eine Mark« macht. Den Stand gibt es schon seit Ewigkeiten und das Pils wird, solange es den DGB noch gibt, bestimmt auch weiterhin eine Mark kosten. Das Schild, auf dem der Traditionspreis steht, kann ja nicht auf Euro umgeschrieben werden, sonst wäre es ja kein Traditionsschild mehr.

Irgendwann wird Herbert dann das Zeitliche segnen. An seiner Beerdigung werden alle Mitglieder der Ortsgruppe teilnehmen und »Brüder zur Sonne« singen. Die meisten werden nicht viel jünger sein als Herbert. Die feierliche Rede wird Günther halten. Günther ist fast so alt wie Herbert und noch gut dabei. Er ist der zweite der drei Sozialdemokraten und hat es im Gegensatz zu seinem langjährigen Kassierer in der Partei weit gebracht. Günther war 30 Jahre lang Oberbürgermeister und hat erst damit aufgehört, als er es nicht mehr sein wollte. Niemals hätte es jemand gewagt, ihm diesen Posten streitig zu machen. Aus der eigenen Partei niemand und aus der anderen auch nicht. Die waren ebenso einverstanden mit ihm wie seine eigenen Leute. Er hat ja auch immer gut für alle gesorgt. Wenn einer einen Posten brauchte, hat er immer einen gefunden, der einen kannte, der ihm einen gab. Er war ein gütiger Oberbürgermeister und wenn man die Leute in der Stadt gefragt hätte, »wollt ihr eine Monarchie haben und wer soll euer König sein?«, hätten alle geantwortet: »Wir haben doch eine Monarchie, Günther ist König und er soll es auch bleiben, solange er will.« Leider hat Günther vor seinem freiwilligen Abtritt nicht sorgfältig genug einen passenden Thronfolger ausgesucht. Der, den er ernannt hat, war Verwaltungsfachmann und roch überhaupt nicht nach Ruhrgebiets-SPD. Sogar die eigenen Leute siezten ihn und selbst Herbert, der ihn tausendmal als Plakat auf die Aufsteller geklebt hatte, hat ihn nicht erkannt, als er ihm zufällig einmal auf der Straße begegnete. Beinahe hat man Günthers Erbprinz dann nicht zum Oberbürgermeister gemacht, sondern den von der anderen Partei, die es ja hier bis dahin eigentlich gar nicht gegeben hat. Hier war es wie in Bayern gewesen, nur eben umgekehrt. In Bayern sind die Günthers bei der anderen Partei und heißen Hubert.

Der dritte Sozialdemokrat ist ganz anders als die anderen beiden. Er ist jung, dynamisch, kann Computer und hat schnell Journalismus, Betriebswirtschaft oder Jura studiert, bevor er sich über die Jusos in den Landtag gehievt hat. Bald wird er im Bundestag sitzen, weil sein Wahlkreis in der Stadt ist, in der Günther König und Herbert Kassierer war. Diesen Sozialdemokraten wird man sich nicht so gut merken können wie jene beiden. Er könnte genausogut auch aus Niedersachsen stammen oder aus Hessen. Er ist 31 Jahre alt, heißt Oliver oder Marco oder Sven und hat jetzt schon ziemlich dünne Haare.

Déjà-vu am frühen Morgen

Der Tag beginnt mit diesem Dauer-Déjà-vu. Warum geht diese nicht unfreundliche, aber erwiesenermaßen strunzdumme Frau immer an meiner Haustür vorbei, wenn ich gerade auf die Straße will? Meine zu dieser frühen Tageszeit mittelmäßig wache, schienbeinhohe Hündin stürzt sich wie immer auf das, was die Frau unten an einer Leine angebunden hat. Eine Art Ratte, die aber ein für diese Sorte Nagetiere zu langes Fell hat. Irgendwo auf der Ratte oben drauf ist es mit einer Schleife zusammengebunden, damit die Rattenaugen auch mal Lichteinfall haben.

Die für ihre Größe viel zu aggressive Töle spuckt wie immer Gift und Galle. Zu kleine Hunde sind irgendwie wie zu kleine Männer. Müssen selbst zum Mülleimer aufmachen auf die Fußbank steigen, haben aber ein unterdrücktes Türsteher-Ego, das ab und zu von der Kette muss. Zu kleine Männer halten sich deswegen gerne große Hunde. Meistens solche mit coupierten Schwänzen. Aber ich schweife ab.

Dieser zu kleine Hund hat ein kleines Frauchen, das ihn an einer flexiblen Leine hält. Die Leine hat eine Zugfedermechanik. Im Gefahrenfall muss man nur einmal kurz an ihr reißen und das Angebundene flutscht einem wie ein Jojo in die aufgehaltene Hand. Meine Hündin ist auch keine Intelligenzbestie. Ich glaube aber, sie hat eine überbordende Phantasie. Sie ist – je nach Tagesform und Laune –

in der Lage, sich bewegende Objekte so zurechtzusimulieren, dass diese Objekte für sie Feindgestalt annehmen. Wenn zum Beispiel die Katzen- und Eichhörnchenfrequenz in meinem Garten mal ein paar Tage gegen Null geht, reicht ihr auch schon ein vom Baum geschütteltes Blatt, um sich in die Triebhaftigkeit eines Jagdhundes hineinzufiebern. Ich hab keine Ahnung, was sie sich unter der Jojo-Ratte vorstellt. Vielleicht einen laufenden Hundekuchen. Ein behaartes Frolic. Das Frolic sitzt jetzt in der zitternden Hand des Frauchens und ist völlig von Sinnen. Wenn ich nichts unternehme, schaffe ich es vielleicht, dass es einen Infarkt bekommt. Aber es ist zu früh am Tage, ich will meine Ruhe haben und der Lärm ist unerträglich. Frolic wird gleich kotzen, mein verwunschener Jagdhund steht auf den Hinterbeinen und kläfft im Schritt der wimmernden Frau rum. »Nehmse ihr Tier wech – nehmse ihr Tier wech«, keift sie mich an.

Ich nehm also mein Tier wech und stapfe zum Kiosk. Zigaretten, Zeitung. Der Tag muss beginnen.

In die braune Tonne

Die jungen Frauen drüben auf der anderen Straßenseite im Café sehen bemitleidenswert gut aus. Sie haben sich so viel wie möglich nichts angezogen und stellen jetzt ihre Sommerfrische aus.

Packpapierbraune Ärmchen und Beinchen lugen aus weißen Tops und zu Miniröcken umfunktionierten abgeschnittenen Fahrradschläuchen. Die armen Mädels sind ganz schrecklich dünn. Die Haut ist zum Zerreißen gespannt. Und wäre sie nicht so braun getönt, könnte man bestimmt durch sie durchkucken und hätte freien Blick auf das Skelett. Wenn die einen Knochenbruch hätten, müsste man sie nicht röntgen, sondern nur entfärben. Wo kann man sich so ein Äußeres zuziehen und was kostet das? Entweder im Pauschal-Hunger-Lager in der DomRep, zwei Wochen Nullpension, 300 Euro. Oder noch günstiger mit dem 12er-Abo von MacMelanom, dem Turbo-Toaster gegenüber dem Straßencafé.

Man muss aber nicht dünn sein, um so gut auszusehen. Das geht auch mit dicker Haut, dauert aber entsprechend länger. Sieht man ja an dem Pärchen, das sich jetzt an den Nebentisch setzt. Die beiden sehen noch viel toller aus als die Magermädels – aber auch viel dicker – und älter. Mindestens doppelt so alt und dick. Und dreimal so braun. Also sechs Wochen DomRep, aber mit vier Mahlzeiten täglich oder zuhause dicke Rippe gegrillt und Haut beim Discounter eingeschwärzt mit Dauerkarte.

Er hat sein buntes Hemd aufgeknöpft. Grauweißes Toupet auf goldbrauner Brust. Darunter vier speckige Bauchfalten, satt glänzend. Was ist das? Austretendes Grillfett? Nein – Sonnenöl. Und auch sie ist klamm am ganzen gesunden braunen Körper. Das Paar sucht sich einen Platz in der Sonne und richtet die ledrigen Gesichter in Richtung Zenit aus. Wenn sie lange so sitzen, werden sie schlecht riechen – ranzig eben. Jetzt kommt der Kellner. Was wird er ihnen empfehlen? Hoffentlich einen Ölwechsel.

Die braunen Mädels am Nebentisch fallen gerade in Ohnmacht. Hungerast. Der Ober räumt sie ab. Wie es sich gehört. In die braune Tonne.

Kill Grill

Ein Nachruf auf den Sommer

Ich hätte auch ohne Wettervorhersage gewusst, dass am Wochenende die Luft dick wird. In den Postwurfsendungen der Lebensmittel-Discounter wurden schon seit Tagen nur noch Fleischhaufen in Großfamiliengebinden veröffentlicht. Auch die Frischfleischdekorateure des Supermarktes hatten umdisponiert. Eine auf unkenntlich geschminkte Sommerkollektion dominierte die Auslage. Dickes Paprika-Rouge bedeckte große Placken von irgendwas Knochigem und in Edelstahlwannen badete Schlabbriges in Öl unter Haufen currygelber Zwiebelringe. Den letzten Hinweis auf sich bald über diese Gegend legenden Hochdruck lieferte die 24-Stunden-Event-Tankstelle. Der Weg zur Kasse ist hier immer mit Saison-Artikeln gepflastert. Jetzt säumte ihn eine an eine Installation gemahnende Anordnung großer Mengen von Holzkohlesäcken.

So viel stand fest, es würde mindestens warm werden, wahrscheinlich aber heiß. Spätestens am frühen Freitagabend würden die Insassen der Stadt ihre Außenanlagen mit sich selbst beleben und sämtliche Wochenendmahlzeiten an der frischen Luft zubereiten. Balkone, Terrassen, Vor- und Hintergärten würden aufglühen im Schein der Grillglut und so manche zu nah am Feuer aufgehängte Geranienampel unter der künstlichen Hitzezufuhr panisch in Schockblüte ausbrechen.

Das Ritual der öffentlichen Fleischverbrennung beginnt immer mit seiner traditionellen, allgemein wahrnehmbaren Verkündung. Wie Glockengeläut den Gottesdienst, so verheißt Petroleum-, Kerosin- oder Paraffinodeur das nahende Grillfest. Erfahrene Experten können die graduellen Unterschiede bei der Kohleanzündung olfaktorisch entschlüsseln. Doch auch jeder Laie, der noch einen Nerv in der Nase hat, riecht früh, dass ganz bald ganz viel Tierfett ins Feuer tropfen wird: Vorher stinkt es erstmal herzhaft nach Chemieunfall. Spätestens jetzt muss der Betroffene sich entscheiden. Entweder zieht er sich ruckzuck in die menschliche Behausung zurück, schließt die Luken und wendet sich drinnen alternativen Garmethoden zu, oder er bleibt eben draußen. Dann aber bitte auch bedingungslose Teilnahme, also mitzündeln und durch Rauchzeichen signalisieren, dass auf dieser Parzelle selbstverständlich ebenfalls klassisch gegrillt wird!

Mein Entschluss stand schnell fest. Heute wollte ich einer von allen sein. Auch bei mir würde an diesem heißen Sommerwochenende kein Blatt Alufolie zwischen Grillgut und -glut passen! Mit der Fleischfachverkäuferin in der Metzgerei meines Vertrauens einigte ich mich zügig auf verlässliche Ware. Hier legt man Wert auf einwandfrei Identifizierbares. Heimlich im Hinterzimmer Mariniertes kommt nicht in die Theke und von teuren Tierexperimenten auf offenem Feuer wird rustikal abgeraten: »Magerfleisch wird über Glühkohle nicht saftiger! Lassen Sie den Quatsch mal lieber bleiben! Machen Sie nix falsch, nehmen Sie Rippe, Bauchfleisch, Wurst!«

Diesen wohlklingenden Akkord sollte man den langweiligen Angebern vom Feinschmecker-Feuilleton dreimal täglich in die Ohren stopfen. Selbst ins schnöde Bratwurst-Refugium haben sie sich schon vorgekritzelt und belästigen den Eigengenießer mit ihrer penetranten Unzuständigkeit. Wem aber zum vielfältigen Thema Leib- und Seelenversorgung immer nur dieselbe fade Buchstabensuppe aus dem Füller fließt, der soll sich nicht auch noch in private Grillangelegenheiten mischen, sondern sein gräten- und knochenloses Filet-Geschreibsel im Jahresheft der Anonymen Restaurantkritiker veröffentlichen.

Ich machte jedenfalls nichts falsch, nahm richtig viel Rippe, Bauchfleisch, Wurst und verfrachtete die erlegten Tierteile in die heimische Kühlung. Draußen vor der Gartentür hatte sich inzwischen eine Handvoll Brandbeschleuniger versammelt und das Feuer eröffnet. Entschlossen schwitzende Männer trotzten Stichflammen, atmeten Dampf und stocherten mit Handeisen in heißer Kohle. Separate Frauen verrichteten in vernünftigem Abstand die ihnen obliegenden Tätigkeiten, widmeten sich also der Beilagenherstellung, Gartentischdekoration und munter plappernder Sektverkostung. Die Durchführungsrichtlinien des archaischen Grillgelages schreiben selbstverständlich die strenge Geschlechtertrennung vor. Die Einnahme der Mahlzeit geschieht zwar gemeinsam, der elementare Kampf an der Feuerfront aber obliegt allein dem Mann. Hier darf er noch tun, was ein Mann tun muss: Sich mit Gleichgesinnten verbrennen.

Dementsprechend nahm der Abend einen stinknormalen Verlauf. Es roch beständig nach Versengtem. Ärgste Fettfleischbrände wurden mit Flaschenbierduschen gelöscht. Man nahm von allem reichlich. Die ausdauernd im Lauen ausharrende Gesellschaft wechselte bald in einen zufriedenen, sattblauen Zustand. Geübte Grillfestteilnehmer achten darauf, dass ihre Wahrnehmung durch gut dosierte Betäubung stets hinreichend gedämpft ist. Sie wissen, dass das, was sie vom Essen übrig lassen, eine gewisse

Ähnlichkeit mit dem von Rettungssanitätern nach Motorradunfällen Vorgefundenen aufweist.

Dieses zu entsorgen aber oblag am späten Vormittag des folgenden Tages selbstverständlich dem guten Gastgeber. Nun nüchtern stellte er fest, dass einmaliges Grillen im Jahr völlig ausreicht, um wieder zu wissen, wie es ist, er es also nicht öfter als einmal im Jahr machen muss.

Andere Menschen hatten diesbezüglich offenbar noch Klärungsbedarf. Eine zarte Paraffin-Brise wehte durchs Strauchwerk. Rauchzeichen stiegen zum wolkenlosen Himmel auf. Das Wetter würde schön, die Luft dick bleiben.

Chez Benedict

Eine Restaurantkritik

Moden kommen, Moden gehen,
Chi-Chi, Kitsch und falscher Schein.
Dort, wo neue Winde wehen,
zieht zu oft der Zeitgeist ein.

Gut, dass es die Häuser gibt,
die noch alte Sitten pflegen,
die nicht, weil ins Geld verliebt,
sich aufs Flüchtige verlegen.

In Sankt Peter, seit Epochen,
wird dem Kunden garantiert:
Traditionsbewusstes Kochen,
Hausmannskost, nicht variiert!

Wechselt auch der Chef der Küche,
bleiben die Rezepte schlicht:
Niemals wechseln die Gerüche,
Gott erhalt das Stammgericht.

Klassisch, einfach, unbehandelt,
Dreiklang, elegant, frugal.
Trocken Brot in Fleisch verwandelt,
wunderbares Abendmahl.

Maître Benedict, der Gute,
ist's zufrieden, nippt am Blute.
Köstlich ist der Leib des Herrn,
die Kritik verleiht 'nen Stern.

Sommerlektüre

Was lesen die Deutschen im Sommer? Eine repräsentative Umfrage

Bernd K. (34), Elektroinstallateur, Oberhausen, zur Zeit zuhause:

»Ich lese gerade einen Prospekt von meinem Autohändler. Er hat mir angeboten, dass er meinen Astra großzügig in Zahlung nimmt, wenn ich bei ihm den Focus mit der großen Maschine bestelle. Der Focus ist ja von Ford und der Astra von Opel. Ich mein', das muss man sich schon überlegen. Das ist ja selten, dass einem ein Ford-Händler für 'nen Opel so viel gibt. Ich überlege jetzt noch, ob ich ihn mit Klima bestelle. Das muss ich noch mit meiner Frau besprechen. Klima ist natürlich klasse, aber brauchen wir das wirklich? Früher sind wir in den Ferien immer nach Spanien gefahren. Ohne Klima gehst du da kaputt. Aber Spanien hängt nicht mehr drin. Ich bin ja jetzt schon zwei Monate auf Kurzarbeit. Es geht ja alles immer schlechter. Aber so ein Angebot darf man eigentlich nicht ausschlagen.«

Elisabeth W. (76), Rentnerin, Böblingen, zur Zeit Seniorenstift Abendrot:

»Ich lese die Ansichtskarte von den Kindern. Die ist vor drei Wochen gekommen. Von der Insel, wo sie immer hinfahren im Sommer. Es geht ihnen gut. So eine schöne

Ansichtskarte. Im Winter bekomme ich wieder eine. Aus Österreich. Da sind sie immer zum Skifahren.«

Claudia H. (45), Gymnasiallehrerin, Rostock, zur Zeit Warnemünde:

»Ach, ich nutze die Urlaubszeit immer dazu, völlig abzuschalten. Kein Fernsehen, kein Radio, keine Zeitungen. Ich lese gerade das Handbuch von *Counter Strike*. Ich werde mir wohl zu Beginn des neuen Schuljahres doch endlich die *Play Station II* zulegen. Die Qualität der Animation ist wirklich sensationell. Abends auf der Terrasse lese ich zur Entspannung aber auch gerne mal Lyrik. Ein Glas Rotwein, der Blick aufs Meer und Rilke, da baumelt die Seele doch von ganz allein.«

Rudolf S. (57), ehem. Bundesminister, Präsident des Bund Deutscher Radfahrer, Frankfurt M., zur Zeit pendelnd:

»Nun, das Aktenstudium ist natürlich auch in meiner Freizeit unabdinglich. Trotzdem versuche ich, wenigstens in den Ferien endlich die Bücher zu lesen, deren Lektüre aufgrund meiner aufreibenden Tätigkeit seit Jahren zu kurz kommt. Insbesondere sind dies die Biographien berühmter Persönlichkeiten. Menschen, die mich tief beeindruckt und geprägt haben. Willy Brandt, Michail Gorbatschow, der Dalai Lama, Feldmarschall Rommel, Erik Zabel, Gerhard Schröder, Mutter Theresa, Rudolph Nurejew, um nur mal einige wenige zu nennen. Dafür werde ich mir jetzt ganz viel Zeit nehmen.«

Carl-Benjamin G. (9), Schüler, Willingen, zur Zeit Mimizan-Plage:

»Mein Vater sagt immer, ich soll mehr lesen. Ich soll mal was von Karl May lesen oder von Erich Kästner. Die hätte er auch gelesen als Kind. Ich lese aber lieber die Sachen, die er heute liest. In seinem Hobbykeller habe ich so Hefte gefunden. Die hat er unter der Kiste, wo die Schlagbohrmaschine drin ist. Er weiß nicht, dass ich die lese. Ich weiß aber, dass er die liest.«

Das alte Testament des Neuen Anfangs: Heulen, Zähneklappern und Aufstrich!

Der Volksvertreter redet viel, wenn der Tag lang ist. Die naive Hoffnung, die ich habe, ist, dass er sich ab und zu mal selbst beim Reden zuhört. Dann bekäme er vielleicht eine Ahnung von dem, was er denkt.

Hier mal nur drei Beispiele: Frau Einneueranfangmerkel hat gesagt, dass man, sie meinte wohl sich, eine schwere Last zu tragen und ein schweres Erbe anzutreten habe. Herr Ministerpräsidentvonhessenkoch hat gesagt, dass Deutschland flächendeckend von Heulen und Zähneklappern ereilt werde. Und Herr Arbeitslosenministermüntefering hat gesagt, dass es ganz klar sei. Was? Ach so, das hier: Klar sei, dass Milch und Honig nicht fließen, dafür aber was anderes da sein werde: Gesundes Brot und ordentlicher Aufstrich.

Alle Sprachgewalt geht vom Volksvertreter aus. Gesundes Brot und Aufstrich!!! Ein Satz wie aus Margarine gemeißelt. Beziehungsweise aus dem zweiten Buch Münte, der Exodus, Kapitel 34: »Sieben Tage sollst du ungesäuertes Brot essen, wie ich dir geboten habe, und dann sehen wir mal, was du morgen draufschmierst.« Müntefranz, der südwestfälische Sozial-Katholik, hatte die Zeichen der Zeit früh erkannt. Er musste nicht erst auf die Deutschland-Tournee Papst Benedikts warten, um zu wissen, dass das deutsche Volk auch dran glauben, dass es also irgendwohin geführt werden will, und sei es nur ins Reich des Übersinnlichen. Münte, der schon im April 2005 mit der 8. biblischen Plage reüssierte und Heuschrecken das Land kahlfressen ließ, Münte weiß, was Völker wünschen. Dass er also zum Propheten des von der christlichen Vorsitzenden Merkel plakatierten Neubeginns wurde, ist nur logisch. Wer wie er jederzeit in der Lage ist, 1a-Wahlniederlagen in spektakuläre Siege umzulügen, der macht auch aus dem Stand aus jedem Bibelspruch ein Regierungsprogramm. 2. Buch Münte, Kapitel 3: »Ich errette euch aus Merkels Hand und führe euch in ein Land, in dem Milch und Honig fließen. Ja sicher. Kommt später dran. Jetzt erstmal nur Schwarzbrot, dann kucken wir weiter.«

Wer sprachlich derart gewaltig vorbetet, muss sich nicht um Jünger sorgen. Auch Angela Merkel spricht schon in schweren Zungen und will Lasten tragen wie Moses, vulgo Münte.

Ich aber weissage euch, das ganz Alte Testament wird nicht sein der letzte Steinbruch des Neuen Anfangs. Denn höret, der Hessenkoch fabuliert sich bereits sein ganz eigenes Matthäus-Evangelium zusammen: »Wir werden den Abfall Schröders sammeln und ihn in den Feuerofen werfen; da wird Heulen und Zähneklappern sein. Und wir, die Gerechten, werden weiterlabern, bis es euch zu den Ohren herauskommt.«

Das aber, so möchte ich schließen, soll für jetzt erstmal alles sein. Amen!

Herrgott, hilf Horst!

Lass uns tiefe Räume finden,
lass uns eng und sicher stehn,
lass die Kräfte uns nicht schwinden,
lass uns freie Männer sehn.

Lass uns hinten keinen kriegen,
mach, dass uns das Glück mal lacht,
lass uns heute vorne liegen,
mach, dass Horst heut einen macht.

Horst traf sonst aus allen Lagen,
links wie rechts und früh wie spät.
Trifft heut keinen Möbelwagen,
wenn er direkt vor ihm steht.

Horst hat jetzt seit dreizehn Wochen,
keinen für uns reingehaun,
Horst hat voll die Pest am Knochen,
ist nur noch am Scheiße baun.

Herrgott, Horst darf nicht versieben!
Gib ihm eine Möglichkeit!
Loben wolln wir Dich und lieben:
Hoch die Tür, das Tor mach weit!

Vor allem aber Schützenfest

Eine Informationsschrift über die sauerländischen Grundlagen der deutschen Leitkultur

Es ist höchste Zeit, Struktur in die verstrunkelte Debatte über das Thema »Deutsche Leitkultur« zu bringen. Keiner weiß Bescheid. Verwirrung aller Orten. Hilflos wird im Begriffsnebel geprokelt. Die versammelte Inkompetenz des Landes meldet sich zu Wort und sondert reflexartig die gewöhnlichen Beiträge ab. Zuletzt bellte Pawlow aus der grünen Frau Künast, die wohl die Chance witterte, ihren Verein endgültig auch für den ganz stramm national empfindenden Mob wahlempfindlich zu machen. Dass sich Joseph-Fischer-Adepten an alle Themen anflanschen, die ihnen irgendwie den Platz an den Fleischtöpfen sichern könnten, ist notorisch und wäre nicht weiter der Rede wert. Sorge bereitet vielmehr, dass noch nicht mal in der CDU Klarheit darüber herrscht, was ihr Vordenker Friedrich Merz innen im Kopf hat, wenn ihm vornheraus der Begriff »Deutsche Leitkultur« entweicht.

Erhellendes kann dazu in erster Linie die Völkerkunde beitragen. Friedrich Merz stammt aus dem südwestfälischen Brilon und ist Sauerländer reinsten Blutes. Der Phänotypus »Sauerländer« wurde einer nennenswerten Öffentlichkeit erstmals in Gestalt des großen Humoristen und Bundespräsidenten Heinrich Lübke vorgestellt (»Sehr geehrte Damen und Herren, liebe Neger …«). Heute wird diese ethnische Gruppe prominent repräsentiert durch den HB-Männchen-Frisurträger Franz Müntefering (Lüdenscheid) und eben Friedrich Merz. Wenn ich mich hier zu den kulturellen Wurzeln dieser Volksgruppe äußere, tue ich das in dem Wissen, dass mein eigener westwestfälischer Genpool (Dortmund) nicht unwesentlich mit sauerländischer Gülle (Medebach/Schmallenberg/Meschede) gefüllt ist. Entwicklungs- und verwandtschaftsgeschichtlich bin ich also prädestiniert, der Weltöffentlichkeit zumindest eine Ahnung davon zu verschaffen, was der Sauerländer unter Deutscher Leitkultur verstehen *muss.*

Wie stellt sich die in einem in Brilon sozialisierten sauerländischen Aboriginal wie Friedrich Merz versiegelte Kultur dar? Was geleitete diesen Mann durch sein bisheriges Leben. Wodurch wurde er kulturell geprägt? Womit kann die vom sauerländischen Menschen geschaffene Kulturleistung allgemeinverständlich auf den Begriff gebracht werden?

In erster Linie: *Schützenfest.* Hin und wieder auch mal *Feuerwehrfest.* Vor allem aber *Schützenfest.* Und sonntags in die *Kirche.* Auch wenn *Schützenfest* ist. Dann aber *besoffen.* So – das wär's schon im Wesentlichen.

Die aus dieser Konstellation für das politische Deutschland, insbesondere aber für die CDU und vor allem für Herrn Merz resultierende Fragestellung ist diese: Kann es als sinnvoll und vor allem sozialverträglich angesehen werden, wenn demnächst zum Beispiel in Brilon sesshaft gewordene Computer-Inder oder schwarzafrikanische Studenten der Hochschule Siegen sich brav und folgsam an der deutschen Leitkultur hochziehen und in Schützenuniformen durch die sauerländischen Einöden marschieren? Wie wird der Eingeborene reagieren, wenn ein asiatischer Musterschüler mit dem Karabiner den Adler von der

Krüppelkiefer knallt und folgerichtig zum Schützenkönig von zum Beispiel Hünschede gekürt werden muss? Wird das der Hünscheder wirklich gelassen hinnehmen? Oder wird er nicht vielmehr flüchten und als vertriebenes Opfer des Merzschen Leitkulturterrors Asyl in einer oberbayrischen CSU-Festung beantragen? Beziehungsweise sich auf gut sauerländisch so lange Veltins und Doppelwacholder geben, bis er sich bewusstlos und schmerzfrei in der örtlichen Jauchegrube dem Diesseits entziehen kann?

Möglicherweise – nein: bestimmt! – hat die dem Stamm der Sauerländer naturgegebene Kurzschlüssigkeit es Friedrich Merz nicht ermöglicht, die entsetzlichen Folgen seiner kulturpolitischen Forderung zu erkennen. Ahnte er, dass ihre Umsetzung darin mündet, dass fremdländische Vollintegrierte die rituellen sauerländischen Traditionen dominieren und die eigenen Stammesmitglieder sich mittels alkoholisch verursachten Autogenozides von der sauren Scholle verabschieden, demissionierte er eher heute als morgen.

Diese Zeilen wurden nicht zuletzt geschrieben, um der Welt die Augen für die fatalen Folgen der Merzschen These von der Deutschen Leitkultur zu öffnen. Aufgerufen und zum Handeln aufgefordert ist allerdings lediglich die sauerländische Welt. Macht Friedrich Merz zum Schützenkönig auf Lebenszeit. Holt ihn heim in Euer Reich. Tut Ihr es nicht, werdet Ihr über kurz oder lang vom Erdboden verschwinden. Gewiss, dem Rest der Welt ist das ziemlich egal. Aber er wollte es Euch vorher wenigstens mal kurz gesagt haben.

You're welcome, M'am!!!

Königin Elizabeth II. von England zu Besuch in Nordrhein-Westfalen

Als alles noch traurig-novembrig erschien,
erschien uns wie Flutlicht die englische Queen.
Selbst Krähen sangen im nebligen Tann:
Her hair shines like gold in the cold morning sun.

Grau trug der Herbstwind sein Laub ungestüm,
Elsbeth, die Queen, trug ihr grünes Kostüm.
Kein Kürbis, kein Scream und kein Halloween,
no fear, just loveliness, charme, also Queen.

Güte und Anmut, Noblesse und Stil,
von alledem hast Du much more als nur viel.
Elizabeth, gehe durch uns wie durch Dein Land,
durch Lippe, Westfalen, durch Emscher- und Rheinland.

Koste die Speisen und hau' tüchtig rein,
wir schlachteten Pferde und legten sie ein,
pickled in Essig, so sauer wie's geht,
for you, allerenglischste Majestät.

Spezialitäten für Dich, liebe Lisbeth,
aus unseren Gauen: Ein Brötchen mit Kochmett.
Und Mettwurst mit Löwensenf für alle Fälle,
und für auf die Hand noch 'ne Fischfrikadelle.

Gebratene Blutwurst mit Graupen, my Dear,
spül's runter mit möglichst viel Flaschenbier.
Mach es wie wir, wie die Nordrhein-Westfalen,
nur keine Hemmung, du schlemmst und wir zahlen.

Die Reste packen wir, catch as catch can,
zum Warmhalten einfach in' Henkelman.
Nimm's mit nach Hause, Majesty, Ma'm
und iss mal was Gutes in Buckingham.

TV-Legenden: Das Kachelmännchen

Wer nach Anne Will oder Ulrich Wickert noch nicht ins Reich der angenehmeren Träume abgetaucht ist, muss sich auf einen abstrusen Wachalp namens »Kachelmann« gefasst machen.

Seltsam verwahrlost für ein ARD-Fernsehmännchen erscheint es im Bild und zappelt vor einem herum. Es ist schlampig angezogen. Das Hemd kuckt immer halb aus der Hose und unter dem Hemd hat es ein schlabbriges T-Shirt mit ausgeleiertem Kragen an. Auch auf dem Kopf herrscht Unordnung. Dort ist keine Frisur, sondern Platz für ein Nest. Vielleicht sollen dort Zugvögel rasten. Oder Stubenfliegen. Irgendwo zwischen Brille und Mund hat es haarigen Bewuchs. Man sieht nicht genau wo, denn das Zappelmännchen steht nie still. Es wackelt in einem fort hin und her, hebt und senkt das Köpfchen, so dass die Haarflecken mal am Kinn, mal an der Wange zu sitzen scheinen. Aber sie sitzen ja gar nicht. Sie wandern. Von einem Ort zum andern. Bald sehen sie aus wie Moos, bald wie Flechten, hin und wieder auch wie ein Bärtchen, aber genau weiß man es nicht, denn das Kachelmännchen rappelt ruhelos. Der Oberkörper schwenkt hin und her, die Arme und Hände fuchteln kreuz und quer. Untenrum ist auch immer Bewegung, so dass es sich ständig beugen und strecken muss. Wäre das Wettermännchen ein Kind, würde man es »hyperaktiv« nennen und mit Sedativa behandeln. Aber ein

Kind ist es nicht und behandeln muss man es wohl auch nicht. Es ist ein Fabelwesen, das seine Erfinder in den Fernseher gesperrt haben, aus dem es nicht weglaufen kann.

Diese Erfinder arbeiten bestimmt in den Computeranimationswerkstätten von Disney oder Dreamworks. Aber es müssen noch Auszubildende sein. Sicher ist das Kachelmännchen der erste Entwurf für den praktischen Teil ihrer Zwischenprüfung. Der Meister hat gesagt, »Macht mir mal ein struppiges Ding. Es muss zappeln und Laute ausstoßen können!« Herausgekommen ist bis jetzt so etwas ähnliches wie eine Kreuzung aus Catweazle und Guido Westerwelle. Der Catweazle-Teil liefert Optik und Motorik, der Westerwelle-Teil die Geräusche.

So brabbelt und schwafelt es, als hätte man ihm ein Hyperenergie-Aggregat implantiert. Was das Männchen von sich gibt, ist allerdings nicht zu decodieren. Es scheint auch vollkommen ausgeschlossen, dass es da etwas zu verstehen gibt. Der Akku speist ganz offensichtlich einen Zufallssprachgenerator. Einzelne Wörter erwecken den Anschein, dass es im weitesten Sinn um meteorologische Themen geht. »Frontensystem« hat man doch schon mal im gewöhnlichen Wetterbericht gehört, auch »Strato-Cumulus« kommt einem irgendwie bekannt vor und »Windstärke« ließ sich auch einmal erfassen. Alles zusammen aber hinterlässt ausschließlich Verwirrung. Mal fragt man sich, warum Westerwelle jetzt auf Zausel macht und das nächste Mal, warum der Siebzigerjahre-Fantasy-Chaot Catweazle im Spätabendprogramm auftaucht.

Und als wäre das alles nicht schon irrsinnig genug, lassen die Designer dieser Post-Tagesthemen-Apokalypse unter dem Kachelmännchen auch noch in rasendem Tempo Börsenkurse einblenden. »Kalterherberg + 14« liest man dann zum Beispiel und will sich gerade wundern, dass der

Deutsche Aktienmarkt so freundlich tendiert. Doch schon hat weiter oben der komische Schnabbel-Kauz einen mit seinem Gefuchtel wieder abgelenkt.

Der Rest ist Ratlosigkeit. Ein Nachspann behauptet, man habe gerade einen Wetterbericht wahrgenommen. Wetter? Was soll das heißen? Regen? Sonne? Wolken? Neinnein. Sie führen uns an der Nase herum. Vielleicht wollen sie uns auch einfach nur wahnsinnig machen. Kann ja sein, dass sie Nachwuchs suchen. Wer diesen Brainwash täglich durchleidet, hat bald alle mentalen Voraussetzungen für eine neue Karriere: Wetter-Weazle bei der ARD. Für die, die das nicht schaffen, sind die Perspektiven allerdings düster wie der Himmel vor einem Wolkenbruch. Die können dann nur noch was bei der FDP werden.

Herbstgedichte und -gerichte

Für »Häuptling Eigener Herd«
Vincent Klink

Hauchte nicht Geheimrat G.,
zwischen Faust, Part One and Two,
irgendwas mit »Loch im Schuh /
bald spürst du den Herbst im Zeh«?

Herbstgedichte, ungezählte,
meines Wissens maxte Frisch,
täglich Dutzende vom Tisch,
wenn ihn der Oktober quälte.

Poesie, im Herbst vernichtet,
im November rumpelt's rum,
rumms, da fiel die Mauer um,
von Bumms Biermann hingedichtet.

Herbst, machst manchen fiesen Riemen,
wenn der Storch nach Süden flieht,
wenn es Grass im Zipfel zieht,
güntert's grässlich im Intimen.

Allerdings gibt es auch gute,
manche lesen sich von selbst,
dieses hier von Jandl: »Helbst /
Brättel, Neber, Ute, Schnute.«

Doch die besten Herbstgedichte
stammen nicht aus schwerem Kopf,
schmoren vielmehr längst im Topf:
Häuptlings leichte Herbstgerichte.

Goldener Oktober

WAS FÜR EIN BILD. Tiefstehende Herbstsonne über rostgoldenem Blattlaub. Schon sichtbar der Atem des nahenden Winters vor Wanderers Lippen. Ocker und Beige verschwimmend unter halbkahler Baumkrone. Dort scharfer Kontrast. Dicke schwarze Krähen vor schneidend blauem Himmel. Sonst noch was? Ja, vielleicht später da drüben auf der Lichtung ein mächtiger Hirsch, schwitzend. Soweit das Gesicht.

Jetzt die Nase: Feuchte Strohstoppeln, erstickte Kartoffelfeuer, Heckenschnitt. Kastanien und Eicheln. Klammes Baumlaub in ersten Haufen. Saftiger Modder. Goldener Oktober: Fest der Sinne?

So gesehen und gerochen schon. Doch die Prägung der frühen Jahre lässt sich nicht verdrängen. Gedächtnis riecht und sieht anders.

Demnach war Goldener Oktober nämlich eindeutig eine braune Flasche mit einem Etikett, das die süße Klebrigkeit des perlenden Inhalts stilsicher vorwegnahm. Goldener Oktober stand auf gehäkelten Unterdeckchen oder auf Zinntellerchen. Auf niedrigen Wohnzimmertischen. Darauf noch Onyx-Aschenbecher und Zigarettenspender mit HB für die Männer und Lord Extra für die Frauen. Oder waren es Kim und Attika? Goldener Oktober war sonn- und feiertags zwischen schwitzenden Erwachsenen in Polstergarnituren mit gestrickten Schonbezügen vor neuer Schrankwand, war der stehende Geruch von zweierlei Braten mit brauner Sauce und Erbsenundmöhren aus dem Glas, in ständigem Widerstreit mit Turmfrisursprayschwaden und Männerbriskdunst.

Goldener Oktober war keine Jahreszeit. Goldener Oktober war ganzjährig, war Geburtstag im Januar und Konfirmation im Mai, war Omas Sechzigster im Juli und Heiligabend und erster und zweiter Feiertag mit Doppelkornonkeln und Buttercremetanten in Korsetts, die die unvermeidlichen Braten-mit-Sauce-und-Buttercreme-drauf-Verdauungsgeräusche resonanzfelltypisch verstärkten. Und Goldener Oktober war ganz besonders Silvester mit Luftschlangen im Kronleuchter und Bowle mit Goldenem Oktober und Kellergeister und Dosenananas.

Davon durften auch die Kinder ein Glas. »Aber nur eins!«

Goldener Oktober sah nicht gut aus und roch nicht gut. Goldener Oktober roch nach dem Taschentuch von Mutti, in das sie spuckte, um ihrem Kind die Reste des Schokoladenpuddings vom Mund zu wischen, bevor die Verwandten kamen.

Goldener Oktober war Wachliegen im Bett und hören, wie Erwachsene schmutzig lachen.

Fußballmanager A spricht zum Themenkomplex: Herbst, Schwermut und Schwerkraft

Ich sag' ja immer: Der Ball ist rund und die Erde ist 'n Dorf. Die Welt passt in 'n Stadion. Und wer ist der Chef vom Stadion? Ich!

Weißt du, was für mich immer 'ne schwere Zeit ist? Herbst! Ich werd' im Herbst immer so schön schwermütig. Alles fängt an, runterzufallen. Sonne, Blätter, Kastanien – das ganze Gedöns. Und dann lass' ich mich auch gerne mal hinterherfallen. Also nicht nur auf's Sofa, sondern insgesamt. Weißt du, irgendwie werd' ich dann schwerer. Ich glaub', das ist die Schwerkraft. Die zieht ja alles runter und ich werd' dann mitgezogen. Aber nicht nur ich als Mensch, auch das, was ich so Unsichtbares in mir drin hab'. Sagenwirmal: Seele.

Das ist die Biologie von der Jahreszeit. Der Baum schmeißt die Kastanien weg, damit er den Ballast nicht auch noch durch'n Winter schleppen muss. Aber der Mensch kann nix wegschmeißen, damit er sich leichter fühlt. Ja sicher, du kannst zum Frisör gehen. Hab' ich probiert, aber eins sag' ich dir: So viel Glatzen kannst du dir gar nicht rasieren lassen, dass die Seele leichter wird. Außerdem sieht das kacke aus. Ich mein', 'n schönen Menschen wie mich kann zwar grundsätzlich nix entstellen, aber ich will doch nicht so hässlich rumlaufen wie diese Nationalglatzen, die bei uns im Block 88 stehen.

Also, was mach' ich im Herbst mit der Schwermut? Ich muss die ja irgendwie loswerden. Gut, so'n bisschen hilft das neue Stadion. Da finden praktisch keine Jahreszeiten mehr statt. Ich kann ja das Dach zukurbeln und die Beleuchtung auf 120 Prozent stellen. Aber trotzdem hab' ich doch die Natur in mir drin. Und die Natur in mir drin, die sagt mir: Es ist Herbst! Du bist zu schwer. Alles raus, was keine Miete zahlt! Ich sag' es dir: Als geborener Fußballer kannst du zwar kämpfen, bis du dich selber nicht mehr kennst. Aber den Kampf gegen die Natur, den kannst du nur verlieren. Also, was mach' ich? Dasselbe wie jedes Jahr um diese Zeit. Ich werfe Ballast ab. Es tut mir zwar mehr weh wie ihm. Aber es geht nicht anders. Ich schmeiß den Trainer raus. Und dann kann der Winter kommen.

So – und da kannze jetzt inner nächsten Halbzeitpause mal 'ne Viertelstunde drüber nachdenken. Viertelstunde? Schaffst du schon. Glück auf.

Oppa, Oper und Ballett

Ein modernes Ruhrgebiets-Kurzdrama

Personen:

FAMILIE GRABOWSKI, bestehend aus
Großvater Horst (74), genannt UROPPA
Vater Werner (52), genannt OPPA
Mutter Gisela (51), genannt OMMA
Sohn Jürgen (27), genannt JÜRGI
Schwiegertochter Monika (25), genannt MONI
Monis und Jürgis Sohn Lukas (6), genannt KURZER

Ort:
Eine ehemalige Großzeche und Kokerei im westlichen Ruhrgebiet. Gebäude und Gelände wurden in den Neunzigerjahren zu einem spektakulären Kulturzentrum ausgebaut und zum Weltkulturerbe ernannt.

Ein lauer Sommerabend. Es wimmelt von Menschen. Überall finden Veranstaltungen statt. Die Familie Grabowski ist seit Stunden unterwegs und macht Pause in einer Freiluft-Biergaststätte unterhalb des Förderturms. Der Kurze ist auf dem Schoß von Omma eingeschlafen.

UROPPA: Kurzer, hier hat der Uroppa mal gearbeitet.
OPPA: Und der Oppa auch.
MONI: Und der Pappa, der Jürgi. Aber nicht lange.

OMMA: Seid mal leise. Der Kurze is am Pennen.

JÜRGI: Dann lass uns abhauen. Der Kurze muss im Bett.

OMMA: Jetzt ist auch egal. Jetzt pennt er doch.

MONI: Genau. Ich hol mal noch Bier.

OPPA: Und für den Kurzen 'ne Fanta.

OMMA: Der hatte schon drei. Dann pinkelt der heute Nacht inne Buxe.

UROPPA: Und jetzt machense hier Oper. So'n Quatsch.

OPPA: Immer noch besser, als wennse Ballett machen.

JÜRGI: Ballett machense auch. Aber inner Weißkaue.

UROPPA: So'n Quatsch.

OMMA: Ich kuck ganz gerne mal Ballett.

OPPA: Wann hast du denn schon mal Ballett gekuckt?

OMMA: Fernseh-Ballett. Und Holiday auf Eis.

OPPA: Aber doch nicht auffe Zeche.

UROPPA: Datt kommt auch noch! Hier bisse vor kein' Quatsch sicher!

OMMA: Reg' dich nicht so auf. Der Kurze wird wach.

MONI: Hier, das Bier. Omma, für uns hab' ich mal Sekt mitgebracht.

OPPA: Ja sicher. Oper und Sekt. Wir haben's ja.

MONI: Die Oper war doch umsonst.

OPPA: Das fehlte auch noch, dass die dafür auch noch Eintritt nehmen!

OMMA: Jetzt habt ihr's geschafft. Jetzt ist der Kurze wieder wach.

UROPPA: Kurzer, kuckmal, hier hat der Uroppa mal gearbeitet.

KURZER: Omma, krieg' ich 'ne Fanta?

JÜRGI: Lass uns abhauen. Der muss im Bett.

KURZER: Ne Fantaaaaa …

OMMA: Jetzt habt ihr ihn am Bläddern.

MONI: Wer anfängt, muss auch wieder aufhören.

UROPPA: Und jetzt machense hier Oper und Ballett auf Eis!

KURZER: Au ja! Eis! Ich will Eis!

OPPA: Pass mal auf, es dauert nicht mehr lange, dann machense den Pütt wieder auf. Die Auslands-Kohle wird doch immer teurer.

JÜRGI: Quatsch. Die machen doch den Pütt nicht wieder auf. Die sind doch nicht doof.

OPPA: Doch. Sind die wohl. Sonst würden sie ja hier jetzt nicht Oper machen.

KURZER: Oppa, hast du hier Oper gemacht?

MONI: Nee, der Oppa hat hier Kohle gemacht. Gesungen hat der nur, wenn er was getrunken hatte.

OMMA: Und getanzt. Aber schlecht.

MONI: Stimmt. Für's Ballett hat's nicht gereicht.

OPPA: Ist auch besser so. Wennse den Pütt wieder aufmachen, dann werden die ganzen Ballett-Tänzer auf'n Schlag arbeitslos.

UROPPA: Dann werden die alle umgeschult. Das geschieht denen recht. Dann müssen die ganzen Tänzer vor Kohle. Und die Opernsänger auch.

OMMA: Jetzt ist der Kurze wieder eingepennt.

MONI: Dann hol ich mal noch Bier. Omma? Noch'n Sekt?

OMMA: Ja, gerne. Und nachher kucken wir aber in der Weißkaue vorbei, ne? Das Ballett will ich wenigstens einmal gesehen haben, bevor die den Pütt wieder aufmachen.

JÜRGI: Und dann aber alle ab im Bett!

Ende

Der schwerhörige Herr Park und die guten Omega-3-Fettsäuren

Heute Abend soll es Schwarzwurzel-Suppe geben. Schwarzwurzel-Suppe ist besonders lecker, wenn man sie mit Kokosmilch angießt und mit etwas Ingwer und Zitronengras aromatisiert. Das alles gibt es in Park's Asienshop. Park's Asienshop ist ein großes und unübersichtliches Ladenlokal mitten in Dortmund. Die große und unübersichtliche Familie Park hat ihr Geschäft bis unters Dach vollgestopft mit allem, was der Asiate isst und der Asiate isst ja bekanntlich alles. Gottseidank auch Kokosmilch. Wenn man weiß, wo sie versteckt ist, geht der Einkauf schnell vonstatten. Es sei denn, es ist Samstag und der alte Herr Park hat ein Problem.

Der schwerhörige Mann hat sich ein Hörgerät ans Ohr bauen lassen. Jemand sollte ihm mal in asiatischer Gebärdensprache erklären, dass da auch eine Batterie reingehört. Herr Park bedient die Kasse, kann die Schlange aber nicht abfertigen, denn er telefoniert. Warum er dazu ein Telefon benutzt, ist mir nicht klar. So laut wie er brüllt, kann ihn auf der ganzen Welt jeder auch ohne elektronische Vermittlung verstehen. Aber vielleicht hat sein Gegenüber am anderen Ende der Leitung auch ein Batterieproblem. Nach ungefähr einer Epoche erschließt sich das verhandelte Thema teilweise. Der Telefonpartner ist ein Gemüsehändler, der kein Gemüse liefern kann. In so etwas ähnlichem wie deutscher Sprache brüllend bekommt Herr Park heraus, dass das Gemüse vielleicht Dienstag geliefert werden kann. Vielleicht aber auch erst Mittwoch oder vielleicht gar nicht. Herr Park findet das in so etwas ähnlichem wie deutscher Sprache gar nicht gut. Er ist empört. Und zwar so laut wie möglich. Vor mir in der Kassenschlange warten zwei Männer. Sie könnten so etwas ähnliches wie Pakistanis sein, die so etwas ähnliches wie Deutsch auch nicht sprechen, das aber natürlich sehr laut. Logisch, sonst könnten sie sich ja nicht verstehen, denn der jetzt fast kollabierende Herr Park muss übertönt werden. Die Männer wollen zwei Säcke Reis kaufen. Sehr große Säcke.

Schaut man sich die Männer zu lange an, und ich tue es jetzt schon viel zu lange, kommt man auf komische Ideen. Was die wohl mit dem Reis machen werden? Mir fallen Szenen für chinesische D-Movies ein. Dr. Fu-Man-Chu. Verschlagene asiatische Allesverbrecher binden Reissäcke an die Füße ihrer Opfer und versenken sie im Perlfluss. Der Reis quillt auf wie die Leichen. So treiben sie dahin. Bald sind die Haie da. Die Gangster schneiden den Haien bei lebendigem Leib die Flossen ab und schicken sie in Dosen gefüllt an Parks Asienshop nach Dortmund. Der schutzgelderpresste Seniorchef des Ladens beschwert sich telefonisch sehr laut über die Qualität der Lieferung. Kunden hätten Menschenteile in den Dosen gefunden. So was könne er in Dortmund nicht verkaufen. Höchstens an so etwas ähnliches wie Pakistanis, aber die verstünden kein Wort Deutsch.

Ich bekomme Angst. Eine Kokosmilchdose rutscht mir aus den schwitzigen Fingern. Beim Aufheben bemerke ich das Pärchen hinter mir. Eindeutig deutsche Landsleute. Typ akademischer Mittelbau. Gepflegt, betont lässig. Politisch korrekte Funktionswäsche von Patagonia in Volvo-Velours-Bezug-Grau. Sie sagt zu ihm: »Und wenn du das Sesamöl unter den Magerquark rührst, dann hast du ja wieder die guten Omega-3-Fettsäuren.«

Zum Glück ist Herr Park mit dem Gemüsehändler fertig. Die Pakistanis zahlen ihren Reis. Ich zahle meine Kokosmilch.

Die Schwarzwurzelsuppe abends war lecker.

Vorbild SPD

Optimistisch in die Perspektivlosigkeit

Missgünstige Kreise werfen der aktuellen Sozialdemokratie vor, sie habe völlig vergessen, warum es sie überhaupt gibt. Die ehemalige Partei des kleinen Mannes und seiner Frau sei einzig und alleine damit beschäftigt, sich irgendwie an der Macht zu halten und besorge geschichts- und verantwortungslos die politischen Geschäfte des Kapitalmarktes und seiner leitenden Angestellten. Das ist in mehrfacher Hinsicht grober Unfug. Wer einen vorurteilsfreien Blick auf die bewegte Historie der SPD wirft, wird schnell erkennen, dass man, wenn man glauben wollte, dass diese Partei früher mal die Interessen der Machtlosen vertreten habe, schon immer vor allem eins brauchte: Phantasie.

Das ist heute nicht anders als gestern und vorgestern, es ist nur etwas komplizierter. Phantasieentwicklung, Vorstellungsvermögen, mentale Kreativität – diese Leitkulturbegriffe moderner Reformpolitik sind schnell dahingesagt, sie aber mit Inhalt zu füllen, ja, sie zu leben, das stellt in der hektischen, von Umwälzungen jeglicher Art gekennzeichneten Wirklichkeit von heute große Anforderungen. Vor allem an die, die zum Beten nicht mehr in den SPD-Ortsverein oder in die Gewerkschaftsversammlung, sondern ins Arbeits- oder Sozialamt gehen müssen.

Aber es gibt eben nicht nur schlechte Nachrichten für

diese ex-SPD-Kundschaft. Arbeitslose, Stützezieher, Hartz-IV-Opfer, kurz und modern gesagt, Reformverlierer, die beim Blick ins Portemonnaie vom Glauben abgefallen sind, können wieder etwas Hoffnung schöpfen. Die deutsche Sozialdemokratie gibt sich wirklich große Mühe, ihnen Trost und Rat zu spenden. Wer die Kraft und Geduld aufbrachte, den SPD-Hauptdarstellern beim Schönreden der schleswig-holsteinischen Wahlergebnisse beizuwohnen, erhielt einen eindrucksvollen Intensivlehrgang in phantastischer Wirklichkeitsverdrängung.

Wer dem Leistungskursleiter Franz Müntefering dabei zuhörte, wie er eine noch für den letzten Pisa-Test-Verlierer offensichtliche Wahlniederlage brettvormkopfhart in eine Aufwärtsbewegung umrechnete; wer der bis dato nicht als Intelligenzträne bekannten Heide Simonis dabei zusah, wie sie den Prominenz-Schwamm Reinhold Beckmann vollheulte und sich dabei mehrfach mit – Achtung: Konrad Adenauer (!) verglich; wer dabei nicht umgehend den Schluss zog, hier müsse jetzt aber ganz dringend mal der Arzt ran; sondern, wer diese Sprechstunden als Nachhilfeunterricht für sich selbst wahrnahm, der hat die visionäre Kraft und den Auftrag der aktuellen SPD begriffen.

Der wird, selbst dann, wenn er gestern noch mut-, macht- und arbeitslos war, ab sofort wieder optimistisch in die eigene Perspektivlosigkeit schauen.

Regierungscherklärung

desch Minischterpräschidenten desch Landesch
Nordrhein-Weschtfalen Jürgen Rüttgersch

I.

Leischtung muschisch wieder lohnen!
Dasch gibt Schub und Wirtschaftschkraft!
Schlusch mit Kohleschuppvenschionen!
Allesch in die Wischenschaft!

II.

Für den Mutterschutsch zschuhausche!
Für den schtarken Mittelschtand!
Gegen lange Mittagschpausche!
Gegen jedesch Doschenpfand!

III.

Schulden scholl man nischt vererben!
Schulen auf und Bergbau zschu!
Letschte Zschechen müschen schterben!
Dafür schteht die Csche De U!

IV.

Isch regier mit Gottesch Schegen,
deschen bin isch mir gewisch.
Problematisch wirdsch nur wegen
meinem schtarken Unterbisch.

Das Politbarometer

Eine repräsentative Straßenumfrage morgens um 11 Uhr. Hier gleich um die Ecke. Auf der Straße. Um genau zu sein: An der Trinkhalle.

Guten Tag. Wen würden Sie wählen, wenn am nächsten Sonntag Bundestagswahl wäre?

Mann (47, Warsteiner, 0,50 l): Nächsten Sonntag kann ich nicht wählen. Nächsten Sonntag hab ich die Kinder. Ich hab ja alle drei Wochen die Kinder. Ich hab ja nur so'n Besuchsrecht, dass die Kinder alle drei Wochen am Freitagabend zu mir kommen und ich bring die dann am Montag früh wieder zurück. Also die Kleine bring ich in den Kindergarten und den Jungen zur Schule. Montagmittag könnt ich dann wählen. Aber dann isses ja zu spät.

Wer bekommt das Arbeitslosenproblem besser in den Griff, SPD oder CDU?

Frau (ca. 26, Whisky-Cola, 0,33 l): Ich krieg das schon innen Griff. Ich bin seit acht Wochen im Methadon-Programm. Da brauch ich keine SPD für und keine CDU. Verpiss Dich, Wichser.

Mann (s. o., immer noch Warsteiner, sich einmischend): Lassen Sie doch das Mädchen in Ruhe. Die kommt aus zerrütteten Verhältnissen. Die Eltern haben sich auch sehr früh getrennt.

Kann die Lockerung des Kündigungsschutzes für eine spürbare Entlastung des Arbeitsmarktes sorgen?

Student (19, 1 Päckchen Diät-Margarine, Financial Times Deutschland, 1 Nogger): Kucken Sie sich das doch mal an, hier. Meinen Sie vielleicht, die wollen arbeiten? Das ist doch die Schnorrer-Mentalität. Da geht das Land doch dran kaputt. Da muss man mal was gegen machen.

Wer ist Ihrer Meinung nach der fähigste deutsche Politiker?

Rentner (71, Frühstückskorn 0,25 l): Tot oder lebendig?

Lebendig.

Der Dings, der ... na, wie heißt der noch? Egal. Aber der sieht auch schon so aus, als macht' er's nich mehr lange. Die Besten gehen ja immer zu früh. Denk' doch nur mal an den Dings, den Joschka Fischer. Ja, wenn wir den noch hätten. Und dann nehm ich noch 'ne Dose Imperial zum Stopfen.

Mann (s. o., neue Warsteiner 0,50 l, sich einmischend): Ich hab mal überlegt, ob ich Briefwahl mache. Das könnte ich ja auch montags machen, wenn ich die Kinder wieder abgeliefert habe.

Und wen würden Sie wählen, wenn am Montag Briefwahl wäre?

Ach, ich weiß nicht, vielleicht würd ich es erst dienstags machen. Montags bin ich immer sehr niedergeschlagen. Wissen Sie, wenn ich die Kinder weggebracht habe, dann kommen die ganzen alten Geschichten wieder hoch.

Neue Stunde Null

Ein vorausschauender Rückblick auf Deutschland nach der Neuwahl 2005

Die ehemalige CDU-Kanzlerkandidatin Merkel hatte es nicht nur vorher gesagt, sondern sogar vorhergesagt. Die historische Situation, in der die Deutschen sich zu entscheiden hätten, sei zu vergleichen mit der Situation im Jahre 1949. Viele gutgläubige Staatsbürger hatten das so ernst wie möglich genommen und ihre Uhren am Morgen des 18. Septembers auf vier Jahre nach Stunde Null gestellt. Mit erheblichen Konsequenzen: Die rüstigen Reste der Trümmerfrauen- und Flakhelfergeneration wurden mit dem Arbeiterwohlfahrt- und Caritas-Fahrdienst aus den Senioren-Heimen zum Urnengang geshuttelt und stellten erschrocken fest, dass Konrad Adenauer und Kurt Schumacher nicht angekreuzt werden konnten. Noch unübersichtlicher die Situation im Osten Deutschlands. In Dresden, dem historischen Tal der Ahnungslosen, blockierten kommunistische Altkader die Wahllokale und forderten die sofortige Gründung einer provisorischen Volkskammer unter Leitung der Sozialistischen Einheitspartei. In der Mittagszeit wurde im Wahlkreis Dresden 1 das für die NPD kandidierende ehemalige Mitglied der Leibstandarte Adolf Hitler, Franz Schönhuber, vom Schlag getroffen. Der weitaus mehr als 106-jährige Schönhuber (in anglophilen Kameradenkreisen auch »Führers Silver-Back« genannt) hatte ein

Baseball-Training der Wehrsportgruppe »Pimpf und Plum« eröffnen wollen und dabei zu nah am Abschlagpunkt gestanden. Danach wurde die Nachwahl in Dresden um weitere zwei Wochen auf Sonntag, den 16. Oktober verschoben.

Am Wahlabend gegen 21 Uhr verkündete der Bundeswahlleiter das sehr vorläufige amtliche Endergebnis. Die Sensation war perfekt: Die FDP erhielt 15 Prozent und Guido Westerwelle rief sich krawattenknüpfend zum Bundeskanzler aus. Allerdings sei eine Regierungsbildung nur mit einer großen Gelb-Rot-Rot-Schwarzen Ampelkoalition möglich, da die Linkspartei 14, die SPD 13 und die CDU 12 Prozent erhalten hatten. Das Resultat der Bündnis 90-Grünen dagegen war selbst mit modernsten Methoden nicht messbar. Die Journalisten standen fassunglos vor einem Rätsel. Mit einer Ausnahme. Wie immer behielt Jörg Schönenborn vom Westdeutschen Rundfunk den Überblick. Der Herr der Zahlen berichtete in vorbildlicher Bierruhe, dass die demoskopischen Institute mittlerweile bis auf drei Stellen hinter dem Koma sagen könnten, dass sich die ohnehin schon hohe Zahl der unentschlossenen Wähler noch während des Wahltages auf 55,123 Prozent erhöht habe und in den Kabinen ungültige Spontankreuzmalereien erheblichen Ausmaßes stattgefunden hätten.

Außerdem habe eine etwa 350 000 Kindsköpfe zählende Gruppe von Jungwählern nicht gewusst, dass sie ihre Stimme nicht per SMS abgeben kann. Nach Eingabe des Parteikürzels und Drücken des »Senden«-Befehls sei der Klingelton eines österreichischen Alko-Pop-Herstellers auf Nummer Eins der britischen Single-Charts gestiegen.

Deutschland nach dem Wahlchaos: Eine neue Stunde Null? Wird Westerwelle Kanzler? Gibt es eine riesengroße Koalition? Muss alles wieder wiederholt werden? Oder entscheidet tatsächlich Dresden 1? Vier Wochen Wahlkampf-Belagerung von Elb-Florenz? Schon werden erste Stimmen laut, die Stadt abzuriegeln. Dresdens Oberbürgermeister Ingolf Roßberg dazu in einer ersten Stellungnahme: »Niemand hat die Absicht, eine Mauer zu errichten!«

Die Hartz-IV-Polizei bittet um Ihre Mitarbeit!

Bürger, seid wachsam! Die Hartz-Vier-Polizei bittet um Mitarbeit: Augen auf und Ohren an die Wand. Bekommt Ihre Nachbarin häufiger als dreimal in der Woche Besuch vom selben Herrn? Führt der Mann nur beim Betreten der Wohnung einen Kulturbeutel mit oder auch beim Verlassen? Wissen Sie, ob sich in der Wohnung ein Doppelbett befindet? Haben Sie Erkenntnisse darüber, ob die Besuchsgemeinschaft regelmäßig und gemeinschaftlich in diesem Bett schläft? Findet in der auf den Namen Ihrer Nachbarin gemeldeten Wohnung zwischen Ihrer Nachbarin und ihrem Besuch wahrnehmbarer Geschlechtsverkehr statt? Würden Sie diesen als eheähnlich bezeichnen? Als zuverlässiges Indiz für die Existenz einer eheähnlichen Gemeinschaft gilt ein zweimal wöchentlich vollzogener GV als hinreichender Beweis für die Existenz einer Bedarfsgemeinschaft im Sinne der Hartz-Vier/ALG II-Bestimmungen über das Vorliegen eheähnlicher Bedarfsgemeinschaften.

Bürger der Bundesrepublik Deutschland, helfen Sie Ihrem Supersozialminister und seinen nachgeordneten Sozialinspektoren beim Fördern und Fordern! Unterstützen Sie die Ermittlungsbeamten der Arbeitsgemeinschaften für die Grundsicherung Arbeitssuchender bei der Spurensuche. Scheuen Sie nicht davor zurück, Ihrem Nachbarn in die Mülltonne zu schauen. Helfen Sie, den Missbrauch von

Sozialleistungen zu bekämpfen. Jeder durch Ihre Mitarbeit eingesparte ALG-II-Euro wird dringend benötigt, um das Fahndungsnetz enger zu knüpfen.

Nur durch den effektiven Kampf gegen die immer noch knapp oberhalb der Armutsgrenze lebenden Sozialschnorrer können die sozialen Errungenschaften unseres Sozialstaates für die wirklich Bedürftigen gewährleistet werden. Wir wollen auch in Zukunft Unternehmssteuern senken. Wir wollen auch weiterhin den Abbau von Arbeitsplätzen durch großzügige Subventionsgewährung fördern. Wir wollen die Leistungsträger unserer Gesellschaft nicht weiter dazu zwingen, ihr scheues Kapital zum Zinsenkriegen ins Ausland schicken zu müssen.

Bürger der Bundesrepublik Deutschland! Die im Grundgesetz verankerte Sozialverpflichtung des Eigentums kann nur von denen einverlangt werden, die Eigentum haben. Sozialstaat richtig verstehen, heißt deshalb, Eigentumsvermehrung fördern. Dort aber, wo nichts mehr zu fördern ist, muss gefordert werden.

Helfen Sie, Missbrauch aufzudecken. Schaffen Sie ein soziales Klima, in dem keine falsche Sicherheit aufkommen kann. Die, die nichts zu fordern haben, dürfen nicht gefördert werden. Achten Sie auf Ihren Nachbarn. Helfen Sie der Hartz-Vier-Polizei!

Dank dem Fischerdübel

Eine Hommage an den großen Festmacher

Wir hängen in den Seilen – stehen auf unsicheren Füßen. Die sozialen Netze sind rissig. Große Zusammenhänge wirken bedrohlich undurchschaubar. Aber auch enge Beziehungen scheinen unbeherrschbar. Scheitern wir nicht allenthalben daran, unser wackeliges Dasein in den Griff zu kriegen? Und – suchen wir nicht alle irgendwo Halt?

Wenn man sicher sein will, dass etwas hält; wenn man Gewissheit will, dass man sich darauf verlassen kann; wenn man darauf angewiesen ist, dass das Angebrachte bleibt, wo es ist, dann ist es angebracht, zu ihm zu greifen. Der kleine, unscheinbare Nothelfer. Der gute Freund. Der graue »S-Dübel« von Fischer. Der Fischer-Nylondübel.

Die Welt verlässt sich auf ihn. Fest verankert in allen Erdteilen hält er die Dinge der Menschen an dem von ihnen gewünschten Platz. Der S-Dübel, the Fischer-wallplugg, le cheville Fischer, el taco Fischer!

Der Klassiker unter den Befestigungssystemen. Mit dem Patent Nr. 1097117 wurde sein Triumph begründet. 1958 erblickte er in der Fischer-Werkstatt im idyllischen Örtchen Waldachtal im Schwarzwald das Licht der Welt. Seitdem ist er uns stiller Begleiter und vertrauenswürdiger Kamerad. Niemand, der ihn nie brauchte. Und keiner, der glaubte, auf ihn verzichten zu können und anschließend nicht eines Besseren belehrt wurde: Als die ganze Bescherung wieder aus der Decke riss; als der blöde Mist wieder von der Wand kam; als das Scheißding wieder umkippte. Weil wir meinten, wir könnten es kleben. Weil wir glaubten, der Nagel täte es auch, weil wir – ja – weil wir frevelten und nicht zu ihm griffen. Zu ihm, dem großen Festmacher, dem Fischer-Dübel.

Sicher, anfangs hatten wir nicht nur unbeschwerte Freude mit ihm. Wir bohrten mit zu großen Steinbohrern in bröseligen Putz und bauten ihm einen Krater statt eines schlanken Lochbettes. Wenn wir 6-mm-Bohrer für S5- oder S6-Dübel hätten nehmen sollen, griffen wir zum 8-mm-Trumm und umgekehrt: wenn der Fischer S8 ein passendes 8-Loch wollte, zwängten wir ihn mit dem Hammer in einen 7er-Kanal, solange, bis seine Einschrauböffnung faserig zertrümmert war. Als seine Widerhaken keinen Griff fanden, wenn wir die Schraube eindrehten und er sich schwängrig nach außen wölbte, manschten wir ihm mit fragwürdigem Modelliergips einen dürftigen Nothalt. Ja – die Geschichte unserer Beziehung zu ihm ist auch eine Geschichte von Fehlern. Von dummen Fehlern, sämtlich von uns und nie von ihm begangen, aber doch eine Geschichte verzeihlicher und letztlich auch von ihm verziehener Anfängerfehler.

Denn er war uns stets ein guter Pädagoge. Er lehrte uns: Wer nicht pfuschen will, muss dübeln! Und: Sicherheit kann nur verlangen, wer selbst Sicherheit gibt!

So examinierte er uns unaufdringlich, bis wir heute – endlich – seine Partner sind. Jetzt schaffen wir seriöse Voraussetzungen, bevor wir ihm die Schraube eindrehen. Und jetzt wissen wir, daß extreme Umstände extreme Sicherheitsmaßnahmen erfordern. Umstände, die selbst er, der Fischer-Universal, nicht beherrschen kann. Ein weiteres Indiz für seine unbedingte Zuverlässigkeit. Er kennt seine Grenzen.

Hinter diesen Grenzen aber wohnen die zahllosen Angehörigen der Fischer-Dübel-Großfamilie. Die Abkömmlinge des S-Klasse-Urvaters. Die-für-jedes-Loch-das-richtige-System-Nachkommen des Altvorderen. Die Gipskarton-Neffen. Die Federklapp-Bügel-Cousins. Die Nagel-, Rahmen- und Hohlraumdübelkinder, bis hin zu den gewaltige Lasten tragenden Schwerlastbefestigungswonneproppen: den gigantischen Ankerbolzen.

3600 Schutzrechte im Befestigungsbereich weltweit sprechen eine deutliche Sprache. Der blaue Planet hängt am grauen Fischer-Dübel. Und, soviel steht fest, er hängt sicher. Es ist Zeit, ihm zu danken: Danke – Fischer-Dübel!

TV-Legenden: The Making Of Presseclub

Der »Presseclub« ist neben der Tagesschau das älteste Markenzeichen der ARD. Seit über 14 Jahren setzt sich jeden Sonntag um 12 Uhr eine Handvoll deutscher und internationaler Journalisten an einen Tisch und redet eine Zeitlang über was. Gleichzeitig setzen sich Millionen Menschen vor ihre Fernseher und nehmen Anteil. Ein Ritual, das auch nach Tausenden von Sendungen offensichtlich nichts von seiner Faszination verloren hat. Der Presseclub, eine einzige Erfolgsstory. Was macht diesen Erfolg aus? Wie kommt er zustande? Wer sind seine Macher? Fritz Eckenga war bei den Dreharbeiten und besuchte die Protagonisten auf dem Set. Hier sein

The Making Of Presseclub

11 Uhr. Ich treffe Fritz Pleitgen genau eine Stunde vor der Sendung. Heute wird der WDR-Intendant turnusmäßig den Presseclub leiten. Pleitgen sitzt in der Maske und scherzt mit Guido, dem langjährigen Chefmaskenbildner. Guido ist wie Pleitgen ein ganz altes ARD-Schlachtross. »Der hat schon dem jungen Werner Höfer die Tränensäcke weggebügelt«, scherzt Pleitgen, während Guido ihm mit dem Zahnspachtel die Stirn hochzieht. Der 98-jährige Face-Designer lässt erschöpft den leeren 35-Liter Eimer

Modelliergips zu Boden sinken und schiebt Pleitgen zum Aushärten unter das Warmluftgebläse.

»Ein verdammt harter Job, aber ich werde ihn solange machen, wie Gott mich lässt. Wissen Sie, diese wunderbaren Menschen für diese einzigartige Produktion fertigzustellen, ist eine fantastische Herausforderung. Man weiß nie, ob man sie rechtzeitig bis zur Sendung hinkriegt. Eigentlich ist es ein Wunder, aber ich habe es noch immer geschafft.«

Ihm bleibt keine Atempause, denn schon wird der nächste Gesprächsteilnehmer hereingefahren. Unter der Klarsichtfolie ist ein dunkler Anzug und ein langer Bart zu erkennen. Raubtierähnliche Geräusche dringen unter der Abdeckung hervor. Guido setzt die Lärmschützer auf. »Ein ganz alter Hase von der *Zeit*«, schreit er, »schläft immer bis fünf vor Zwölf. Klassisches journalistisches Urgestein. Ich behandle ihn mit Body-Softener, einem Weichmacher, der zum ersten Mal in ›Alien, die Wiedergeburt‹ eingesetzt wurde. Kurz vor dem Auftritt bekommt er dann noch eine Koffein-Injektion direkt in die linke Herzkammer. Es ist verdammt gefährlich, aber der alte Haudegen will sich auf keinen Fall doubeln lassen. Selbst über die brisantesten Themen spricht er immer selbst. Absolut bewundernswert.«

11 Uhr 35. Die Spannung ist jetzt mit Händen zu greifen. Pleitgen ist sendefertig präpariert und konzentriert sich auf das Briefing mit dem Regisseur. Hans G. Parbold, Presseclub-Director der ersten Stunde, hat noch einen Verbesserungsvorschlag. »Ich überlege, ob ich dich heute am Anfang vier Minuten lang von links halbtotal nehme, Fritz. Die letzten dreitausend Sendungen habe ich dich ja immer groß von vorne gehabt. Was meinst du?«

Kaum zu glauben, dass inmitten der hektischen Betriebsamkeit dieser live-Produktion eine solche Oase der Ruhe entstehen kann. Hier ist das Auge des Hurrikans, das kreative Energie-Zentrum der Sendung. Pleitgen, das merkt auch der Beobachter unmittelbar, hat absolutes Vertrauen in seinen Regisseur.

»Ohne dieses unbedingte Vertrauen«, so wird er mir später sagen, »könnte ich den Belastungen gar nicht standhalten. Hans verlangt viel von mir, aber er ist ein wunderbarer Regisseur mit einem großem Gespür für seine Darsteller. Nie würde er etwas versuchen, das mich bloßstellt. Er hat diese absolut professionelle Sensibilität. Etwas, das in diesem verdammt harten Geschäft verdammt selten ist. Ich liebe es, mit ihm zu arbeiten und gebe mich ganz in seine Hände.«

Ein kaum merkliches Kopfnicken signalisiert Einverständnis. Heute wird der Presseclub, unbemerkt von Millionen Zuschauern, wieder einmal Fernsehgeschichte machen.

11 Uhr 57. Der Set ist drehfertig. Beide Kameramänner werden geweckt und auf ihre Positionen gefahren. Jemand legt einen Lichtschalter um. Fritz Pleitgen und fünf Journalisten aus drei Ländern werden behutsam zu ihren Plätzen geführt. Guido, der Maskenbildner, schleift noch einige Grate am Kinn des Urgesteins ab. Der Regisseur meldet sich über die Kommandoleitung des Studios.

»Achtung an alle. Bitte ab jetzt die Positionen bis zum Ende nicht mehr ändern. Noch zehn Sekunden bis zur Sendung. Fritz, vergiss bitte nicht, am Anfang das Thema zu nennen. Danach alles wie immer. Ich wünsche uns eine schöne Sendung. Uuuund bitte!«

Invasion der Alienvernichter

Alienvernichtungstruppen sind gelandet. Ausgerechnet hier bei mir um die Ecke. Sie tragen diese aus Filmen mit Alienvernichtungstruppen bekannten Weltraumrucksäcke. Darin ist das Antriebsaggregat, das man braucht, wenn man mal schnell woanders hinfliegen will. Also zum Beispiel vom Mutterschiff rüber zum Shuttle, mit dem man dann wiederum auf dem verlassenen Planeten landet, um dort Alienplasma zu terminieren. Jetzt brüllt einer dieser Special-Forces-Typen einen Kameraden an. »Gütiger Gott«, schreit er und »Ekelhafte Biester – wir werden ihnen verflucht nochmal die verdammten Eier zerquetschen!«

Mit »Eier« meint er bestimmt nicht männliche Geschlechtsorgane. Das ergäbe auch gar keinen Sinn bei Aliens. Alien-Befruchtung geht ja anders. Wie sie genau geht, weiß ich auch nicht, aber zum Schluss gibt es immer diese riesige Alien-Königin, die wie die Chefin eines Bienenstocks in einer triefenden Riesenwabe klebt und im Gegensatz zum Insekt mit einer kosmischen Gebärmutter ausgerüstet ist. Aus der fallen in atemberaubender Geschwindigkeit Eier raus und aus denen kriechen dann die Jungen. Diese Eier also müssen gemeint sein, wenn ich den Typen richtig verstanden habe. Das ist schwierig, weil er in einer mir unverständlichen Sprache rumbrüllt. Klingt ziemlich slawisch. Fast so wie Russisch. Komisch. Ich gäb' jetzt weißgott was darum, wenn Sigourney Weaver als Seargant Ripley um die Ecke käme. Die ist wenigstens immer ordentlich synchronisiert. Bei dem Typen hier muss ich mir alles selbst zusammenreimen. Er ist ja noch nicht mal untertitelt.

Er und zwei seiner Kumpels sammeln sich jetzt auf der großen Wiese gegenüber meiner Bude, an der ich immer die Zigaretten und die Zeitungen hole. Aha, da muss sie also irgendwo sitzen, die verdammte Königin. Wer hätte das gedacht. Mitten in Dortmund, Innenstadt Ost, Hundekackwiese am Rande des Westfalendamms. Aber gut, man kann es sich nicht aussuchen. Wahrscheinlich sind unter der Wiese alte Bergbaustollen, in denen sich die Viecher eingenistet haben. Die Typen brüllen wie am Spieß. »Verdammt, hier müssen sie irgendwo sein!« »Es sind unglaublich viele!« »Sie sitzen überall!« »Ten seconds – look sharp!« »Wir müssen den Präsidenten anrufen! Er soll thermonukleare Waffen schicken!« »Vergiss den verdammten Präsidenten! Er steckt mit ihnen unter einer Decke!«

Faszinierend. George W. Bush schickt russisch sprechende Special Forces zum Alien-Terminieren nach Dortmund. Ich muss den ganzen Mist ins Deutsche übersetzen und dann stellt sich auch noch raus, dass der debile Texaner gemeinsame Sache mit den Aliens macht.

Irgendwie läuft mir die Sache aus dem Ruder. Wenn jetzt nicht bald Will Smith in seinem schwarzen Anzug um die Ecke kommt und mir seinen Gedächtnis-Auslösch-Blitz vor die Augen hält, geh' ich direkt die paar Meter zum Landeskrankenhaus nach Dortmund-Aplerbeck und lasse mich vom diensthabenden Neurologen in Kälteschlaf versetzen.

Die Alienvernichter werfen ihre Aggregate an. Ohrenbetäubender Lärm. Oh – verdammt, das sind gar keine Flugapparate. Es sind wahrscheinlich Flammenwerfer. Rauchwolken steigen auf. Sie stinken nach verbranntem Diesel. Gott im Himmel – hol mich hier raus! Es geht zuende!

Die russischen Leiharbeiter brauchen ungefähr zehn Minuten, um mit ihren tragbaren Gebläsemaschinen das ganze Herbstlaub von der Wiese zu räumen. Dann machen sie Zigarettenpause. Ich auch.

Nochmal gutgegangen.

Zwischen Swisttal/Heimerzheim und Weilerswist

Wenn das Autoradio nicht wäre, hätte ich wahrscheinlich längst vergessen, wo ich seit mittlerweile einer Stunde stehe, beziehungsweise wo ich sitze. Ich stehe also sitzend auf der »A 61 zwischen Swisttal/Heimerzheim und Weilerswist«. Eine Staumeldung unter Dutzenden, eingekeilt irgendwo zwischen dem aktuellen Britney-Spears-Auswurf, der aktuellen EVO-Elektro-Flächenteilspeicherheizung-Werbung, dem aktuellen Gewinnspiel, dem aktuellen Programmhinweis, der aktuellen Kampfhund-Nachricht ...

... wo war ich nochmal? Beziehungsweise, wo bin ich? Ach ja, »... zwischen Swisttal/Heimerzheim und Weilerswist.« Schon wieder eine halbe Stunde rum. Alle 30 Minuten wird Staumeldung gemacht. Jetzt also schon eineinhalb Stunden »zwischen Swisttal ...« Jadoch! »... Heimerzheim und Weilerswist.« Danke!! Ich hab's begriffen!!! Immerhin, so viele Zischlaute hat nicht jeder Stau und die weibliche Stimme des Autoradios hat einen klitzekleinen S-Fehler. Sachte stößt sie bei jedem sss mit der Zunge an die Zähne. Das klingt ganz putzig und lässt den Gestauten einen dürftigen Moment lang das klebrige Sitzfleisch vergessen. Ein klimaautomatisiert gekühlter Ledersitz, der wär's jetzt. Dieser hier hat einen powarmen Veloursbezug und hängt an. Beim vorsichtigen Anheben des Hinterteils macht es »schloffz«. Das passt ganz gut zum »Oops«, mit dem Miss Spears sich endlich aus dem Auto verflüchtigt.

Wie schön. Wenn jetzt die zischelnde Radiostimme auch noch das baldige Stauende ankündigen würde, hätte der Reisetag seinen ersten echten Höhepunkt.

Stattdessen kommt es noch tiefer. Stattdessen kommt BAP. Es gibt also tatsächlich auch im dritten Jahrtausend noch Radiosender, die ihre Staugeiseln mit ganz altem Niedecken foltern dürfen. »Isch jäh su unwascheinlisch jähn mit dir in de Waschsalong« froscht es so nervtötend aus dem Apparat, dass man sich umgehend eine aktuelle Kampfhundmeldung aus der Kölner Südstadt wünscht. »Pitbullrudel bringt rheinische Mundartrocker für immer zum Schweigen!«

Unerhört verdampft der Wunsch in der von innen beschallten Konservendose. »Wischwasch wisch wasch« bapt es nicht enden wollend aus dem Radio. Der Magen reagiert als erster. Mit einem sauren »Blörp« erinnert er seinen Besitzer an den letzten Tankstopp, an dem er der plakatierten Versuchung nicht widerstehen konnte. Zur »Pause mit Pepp in Peppenhoven« lockte die Zapfsäulen-Gastronomie und überlistete mit der beeindruckenden Einladung zur Teilnahme an den »Mediterranen Wochen in Peppenhoven-Ost«. Dass man nach Besichtigung der in Vitrinen frierenden und ihrer Erlösung in der Mikrowelle harrenden »italienischen Spezialitäten« doch wieder zum kleineren Übel Bratwurst griff, rächt sich jetzt zwar mit aufkommendem Sodbrennen. Ob man aber den Selbstversuch mit Peppenhovener Tortellini à la panna con BAP im anschließenden Vollstau überhaupt überlebt hätte, ist doch eher zu bezweifeln.

Eine weitere halbe Stunde muss vergangen sein. Im Radio hat die Nachrichtenredaktion die Kampfhundmeldung zugunsten einer Gerhardschrödermeldung hinten rausfallen lassen und der zischelnde Stau auf der »A 61 zwischen

Swisttal/Heimerzheim und Weilerswist« hat sich verkürzt. Ganz vorne in der Schlange sind also die ersten losgefahren. Wenn sie wieder stehenbleiben, wird ihnen das Radio sagen, wo sie sind. Und ich werde ihnen folgen – etwas später.

Beim Arzt

Wenn die süßen Sahnen wehen,
wenn die Hefen zweimal gehen,
wenn die Apfelkuchenfahnen
flattern in den Riechorganen,
wenn die Messgeräte messen,
weil die Zuckerspiegel stressen,
wenn Vanillewolken ziehn,
ziehe ich das Insulin.

Subkutan, Herr Doktor, geht es,
mit dem doofen Diabetes.

Wenn das Kahlwild brunftet, lacht der Hirsch

4. Deutsche Meisterschaften der Hirschrufer in der Dortmunder Westfalenhalle

Herr Rolf Kröger hat ein Anliegen. Der stramm im Lodenjanker steckende Redakteur der Flintenillustrierten *Wild und Hund* wirbt bei der »nichtjagenden Bevölkerung« um Verständnis. »Jagen ist nicht nur Bummbumm-Machen mit dem Gewehr.« Vielmehr handele es sich um ein Handwerk, das Fachkenntnis, vor allem aber »die Liebe zur Sache selbst« erfordere.

Dem Augenschein nach ist die waffenscheinlose Bevölkerung in der Minderheit. Das vor der »Jägermeister«-Aktionsbühne der Dortmunder Westfalenhalle versammelte Publikum ist dem Anlass entsprechend in Tarn- und Täuschtracht erschienen. Loden, Kniebundleder und Gamsbarthütchen sonderzahl bezeugen Mitgliedschaft zur Waidmannschaft. Kaum ein Frauchen zeigt sich, dafür hat manches Herrchen seinen Münsterländer an der Leine. Aber die Jagdhunde sind hier nicht heiß auf Schweiß vom Wildstück, sondern allenfalls auf die Biskuits an den Fressi-Ständen der Futtermittelhersteller.

Die internationale Messe »Jagd und Hund« stellte zum vierten Mal den Rahmen für die »Deutschen Meisterschaften der Hirschrufer«. Zwischen »Trachten-Couture«, virtuellem »Bewegungsschießen auf dem Großwildparcours« und »Isuzu-Allrad-Trooper«-Schau samt ausgestopftem

Wildschwein auf dem Fanggrill wackeln Stundenlöhner in mannsgroßen Plastik-»Jägermeister«-Flaschen in Richtung Bühne, um auf den Beginn des Wettbewerbes aufmerksam zu machen.

Sähe man nicht mit eigenen Augen, dass dort Hirschruf-Imitatoren die von Moderator Kröger beschworene Liebe zur Sache selbst in Laute fassen, könnte man sich auch auf der Jäger-Toilette nachts um halb drei wähnen. Die Sau ist verblasen, die Strecke gelegt und die Waidmänner beugen sich übers Würgebecken, um überschüssigen Jägermeister zu verklappen.

Es sind aber die neun Meisterschaftsanwärter, die sich warmrufen und »die schönste Musik für Jägerohren« erklingen lassen, den Ruf des Hirschen. Jene »mit dem Lachen des Menschen am ehesten zu vergleichende Wesensäußerung«. »Wenn das Kahlwild brunftet, lacht der Hirsch«, erklärt der famose Herr Kröger, »er gibt sich preis und ruft«. Wenn der Jäger es ihm nachmache, dann, um den Hirschen anzusprechen. Warum der Jäger mit dem Tier unbedingt noch sprechen will, bevor er es totschießt, erklärt Herr Kröger leider nicht. Noch ist das Warm-Up der Meisterrufer ein unkoordiniertes Durcheinander. Zu groß scheint die Verletzungsgefahr, ginge man kalt in den Bewerb. Die Athleten stretchen die Röhren, dehnen die Kehlen, belecken ihre Instrumente – Muscheln, Papprollen und Ochsenhörner.

Die Kandidaten sind durchweg Mannsbilder im brunftfähigen Alter und haben sich in drei Disziplinen zu bewähren: 1. »Der alte Hirsch schreit bei Brunftbeginn herausfordernd und umkreist sein Rudel.« 2. »Der Hirsch ruht am Brunftende erschöpft neben seinem Rudel. Er liegt im Bett, ist heiser und ohne Konkurrenz.« 3. »Der Platzhirsch führt mit dem jungen Herausforderer eine aggressive Unterhaltung, Kampfgeschrei in höchster Erregung.«

Von den Teilnehmern durch eine spanische Wand getrennt, lauscht die vierköpfige Jury dem erstaunlichen Gepröte und vergibt nach jedem Ruf Noten zwischen 1 und 6. Schnell stellt sich heraus, dass Immo Ortlepp aus Wedemark mit seinem selbstgebastelten Instrument schwer zu schlagen sein wird. Insbesondere das hocherregte Kampfgeschrei der Konkurrenten gelingt ihm grandios. Auf zwei ineinander verschiebbaren Papprollen simuliert er triebtreu die vibrierenden Luftröhren der Hirsche und sahnt durchweg hohe Benotungen ab.

Die Preisrichter, Berufsjäger von hohen Graden, ziehen Fünfen und Sechsen. Die Spannung steigt, die Würgegeräusche werden intensiver und spielen jetzt überdeutlich ins Animalische. Man muss den Kandidaten wünschen, dass sie in freier Wildbahn stets die richtigen Worte finden. Wie schnell wird man im Tierreich falsch verstanden. Vielleicht nur ein leichter slawischer Akzent oder ein um eine Viertelnote zu hoch angelegter Seufzer und plötzlich hält der Platzhirsch einen für eine heiße Kuh. Da hieße es dann aber immer schön mit dem Arschleder an der Rinde entlang pirschen, bevor es zu schmerzhaften Übergriffen kommt.

Immo Ortlepp wird kurz vor Schluss noch auf den zweiten Platz verdrängt. Zum Deutschen Meister der Hirschrufer ernennt die Jury den durch ein 150 Jahre altes Ochsenhorn röhrenden Neuenwalder Wolfgang Sander. Unübertroffen und voller Leidenschaft seine hochsensible, heisere Glücksröchelimitation eines vom Rudelbefriedigen erschöpften Paschas. Sander nimmt aus der Hand Herrn Krögers glückstrahlend den Siegerpreis, ein »Qualitäts-Markenfernglas« entgegen. Der knapp geschlagene Vizemeister darf sich mit einem »edlen Hirschfänger« trösten. Der lange Dolch wird Immo Ortlepp gute Dienste beim Wildaufbrechen leisten. Vielleicht schneidet er eines Tages einem auf seinen Zuruf erlegten Prachtstück eine Luftröhre raus, die noch größer ist als die, die er zu Demonstrationszwecken im Koffer mitführt und gerne herzeigt. Sie ist etwa 40 cm lang (ohne Kehlkopf), »eignet sich aber wegen ihrer Härte und Trockenheit nicht als Wettbewerbs-Instrument«.

Herr Kröger ist zufrieden. Nie habe man bisher ein derart geschlossenes Feld gehabt. Gute Qualität durchweg. Beste Aussichten für den nächsten Höhepunkt, die Europameisterschaften in Tschechien. Darauf einen Jägermeister.

Herbst-Heimsuchungen 05

Vogelgrippe und Streichung der Eigenheimzulage

Wenn Sie – ja, ich meine SIE – wenn Sie immer noch der Meinung seien sollten, dass es Ihnen eigentlich ganz gut geht, dann sind Sie ein unverantwortlich vor sich hindösender Traumtänzer. Was ist los mit Ihnen? Warum fühlen Sie sich wohl? Mal vorausgesetzt, Sie – ja, ich meine SIE – Sie also sind ein repräsentativ durchschnittlicher Insasse dieses Landes. Dann meinen Sie wahrscheinlich, dass das saubere Leitungswasser, mit dem Sie sich heute Morgen Ihren Kaffee gekocht, dass das warme Frottee-Badetuch, in das Sie sich nach dem Duschen muckelig eingewickelt haben, und dass der störungsfreie Empfang des Textes, den Sie gerade lesen, schon mal drei Gründe dafür sind, das Leben, das Sie führen dürfen, verhältnismäßig komfortabel zu finden. Außerdem sind Sie vielleicht mit einem funktionierenden, halbwegs pünktlichen Nahverkehrssystem zur Arbeit und zurück transportiert worden. Oder Sie haben das sogar ganz individuell auf einer schlaglochfreien Teerstraße in Ihrem eigenen Mittelklasseauto selbst erledigt. Na toll. Wahrscheinlich sind Sie einer von dieser Sorglos-Sorte Mensch. Einer von denen, die schon die Tatsache eines fehlerfrei arbeitenden Stromnetzes für ein relatives Glück halten.

Ich will Ihnen – ja: IHNEN! – ich will Ihnen mal was sagen: Die Sicherheit, in der Sie sich wiegen, ist eine vermeintliche. Die Behaglichkeit, in der Sie sich rumlümmeln, ist eine trügerische. Wachen Sie auf! Machen Sie sich gefälligst Sorgen! Und wenn Sie sich partout nicht dazu aufraffen können, weil Sie zum Beispiel das warme Brötchen, auf das Sie sich heute Morgen gute Butter und Kirschkonfitüre geschmiert haben, für ein Indiz verhältnismäßigen Wohlstandes halten, dann werfen Sie ab und zu mal einen Blick auf die Seite Eins Ihrer hoffentlich seriösen Tageszeitung. Vielleicht gehen Ihnen dann wenigstens die Augen auf! Vielleicht bekommen Sie dann wenigstens den Hauch einer Ahnung davon, welche existenziellen Erschütterungen Ihnen in der wirklichen Wirklichkeit drohen? Ich will die Lage nicht dramatischer machen, als sie ist, denn sie ist so schon dramatisch genug:

Auf der griechischen Ägais-Insel Oinuses hat sich ein Truthähnchen die Grippe eingefangen. Und wenn Sie – ja: immer noch SIE! – wenn Sie jetzt schon wieder abwiegeln wollen, der Truthahn sei längst geschlachtet und Griechenland weit weg, dann rufe ich Ihnen zu: Schon mal was von Globalisierung gehört? Schon mal drüber nachgedacht, dass der Genosse Zugvogel von Natur aus Weltbürger ist? Jaha: Die Welt ist klein und in Dubistdeutschland sitzt bereits jetzt alles, was Geflügel heißt, auf Stangen in Sicherungsverwahrung!

Sollte Ihnen die Dramatik der Situation aber immer noch nicht reichen, um sich aus Ihrer gemütlichen Istdochalleshalbsowildhaltung zu bemühen, dann schauen Sie mal eine Meldung weiter. Direkt neben der Vogelgrippe lauert das nächste, wahrscheinlich noch größere, daseinsbedrohende Verhängnis. Denn wenn Deutschland und seine Bürger nicht am griechischen Truthahnvirus zugrunde gehen, dann aber ganz bestimmt daran: Im großen Koalitions-Berlin wird ernsthaft erwogen, die Eigenheimzulage zu streichen!!!

Nochmal: Sie da, wachen Sie auf aus Ihrer Lethargie! Erkennen Sie endlich, dass Sie als Deutscher die längste Zeit auf der Sonnenseite des Lebens gelebt haben. Und wenn Sie diesbezüglich noch Zweifel haben, dann lesen Sie doch mal hinten in Ihrer Zeitung unter »Vermischtes« weiter. Irgendwo unter Stichwort »Pakistan« und »Erdbeben«. Irgendwie so ungefähr 60- bis 80 000 Tote. Eins steht fest: Die wollten nicht mit Ihnen tauschen.

Econo-Fast geht nicht

Immer wieder neu, immer wieder spannend, immer wieder eine Herausforderung: Die Automatenkommunikation. Ein leibeigener Automat tut nicht das, was sein Eigentümer will und dann kommuniziert man verbal mit dem Gerät.

»Bist du etwa in der Gewerkschaft, du Pfeife?« »Dich und den Bsirske, euch beide in einen Sack gesteckt und dann draufgekloppt. Trifft man immer den Richtigen!«

Das waren zum Beispiel meine Worte, als mein Computer sich vom ersten bis zum zehnten Mal weigerte, meinen Befehlen zur Ausführung der erweiterten Druckfunktion »Econo-Fast« nachzukommen. Das Menü Econo-Fast, also »ökonomisch-schnell«, soll Tinte sparen und eher fertig sein als ein »Normal-« oder »Best Quality-Druck«. Angeblich. Ich weiß es ja nicht, denn zum Schnelldruck ist es noch nie gekommen. Weil mein Computer das ablehnt. Und zwar kategorisch. Alle Drucker stehen still, wenn Bill Gates nicht drucken will. Der Fürst der Finsternis, Mr. Microsoft hat mein Gerät werksseitig so ausgerüstet, dass es auf das Kommando »Schnelldruck« Herzstillstand vortäuscht und erst wieder für mich arbeitet, wenn ich es neu beatmet, also bestromt habe. Seitdem ich das weiß, bin ich still. Man muss auch mal die Klappe halten können. Verbale Kommunikation zwischen Mensch und Maschine ist in gewissen Zusammenhängen mindestens so sinnlos wie der Versuch des Mannes, seiner Dame klarzumachen, dass das, was sie ihre »dicke Plauze« nennt, in Wirklichkeit ein schön anzusehender kleiner Bauch ist.

Darüber oder davon, vor allem aber *damit* spricht man nicht. Wer es trotzdem tut, ist jung oder dumm oder beides. Der kluge Erwachsene weiß: Verschwendete Energie. Der Drucker druckt nur fett, die Frau ist es. Fertig aus. Basta.

Letztens hatte ich wieder mal Grund, mich jung, also dumm zu fühlen. Ich sprach nämlich mit einem Automaten. Das heißt, ich gab ihm zu verstehen, was er nicht verstehen kann. Dass ich ihn hasse. Das war aber erst später am Tag. Morgens beim Aufstehen hatte es sich noch gar nicht so angefühlt, als sei ich wieder jung. »Es« ist das, was mein Arzt »den normalen degenerativen Prozess« nennt. Erst befürchteten wir, es könnte auch eine entzündliche Erscheinung sein.

Das haben mein Arzt und ich dann mittels einer fachärztlichen Ausschlussuntersuchung ausschließen lassen. Die »vermehrte Sklerotisierung in der Kreuzdarmbeinfuge« stellte sich im Skylab des Röntgenologen als ganz gewöhnliche Altersverkalkung heraus.

Na Gottseidank. Da hatte sich der bestimmt unbezahlbare, radioaktive Kontrastraumflug ja richtig bezahlt gemacht.

Die Szintigramm-Assistentin Lieutenant Uhuru bediente ein computergestütztes Ganzkörperabtast-Shuttle. Alles ging sehr langsam. Aha, dachte ich, das ist also ein allumfassendes Problem. Econo-Fast geht hier auch nicht. Bevor das lautlos über und unter mir herfahrende Gerät meine Innereien durchleuchtete, hatte mich Uhuru noch fix mit einer nuklearen Infusion verseucht.

Sie machte einen sehr uninteressierten Eindruck und sprach nur das Nötigste zu mir. »Schuhe ausziehen, Socken könnse anlassen!« Na ja, dachte ich, den ganzen Tag Patienten totspritzen, da muss man einfach über kurz oder lang eine gewisse professionelle Distanz entwickeln, sonst geht man selbst daran kaputt. Die Frage, »sagensiemal, wie lange hält sich das Sauzeug eigentlich in meinem Körper?« schenkte ich mir also. Was soll's? Ich bin 50 Jahre alt. Meine Halbwertszeit ist abgelaufen. Mein Knochengerüst verschrottet sich zwar sukzessive selbst, wenn aber alles planmäßig verläuft, werden die anderen Bauteile samt Schmerzzentrum rechtzeitig vorher die ewigen Jagdgründe aufgesucht haben.

»Heute ist ein guter Tag zum Liegenbleiben«, sprach also an jenem Morgen mein Kreuzdarmbeinkalkberg zu mir. Ich aber antwortete nicht. Die Kommunikation mit meinen vor sich hin degenerierenden Körperteilen habe ich auch eingestellt. Langsam bekomme ich eine Vorstellung davon, dass Alterseinsamkeit sich aus ganz vielen verschiedenen Bestandteilen zusammensetzt. Ich variierte nur ganz heimlich und tonlos das Götz-Zitat, »du kannst mich mal in der Fuge lecken« und stand auf. Ich benutzte dazu das Menü »Best Quality super economy most slowly«. So gings.

Drei Stunden später hatte ich die Post erledigt. Jetzt mussten die Briefe aufgegeben werden. Briefmarken waren alle. Ich machte mich auf den kurzen Weg zum Post-Shop-In-Shop-Shop. Die Privatisierung des ehemaligen Staatsbetriebes Bundespost hat wie die Privatisierung des ehemaligen Staatsbetriebes Bundesbahn sehr zur Steigerung des Dienstleistungskomforts beigetragen. Besonders auf dem Kommunikationssektor. Englischsprachige Reisende zum Beispiel wissen jetzt auf den ersten Blick, dass sie sich im DB-Service-Center in die Fahrkartenverkaufsschlange stellen müssen, wenn sie den verspäteten Zug verpassen wollen. Ich kann auch Englisch. Nicht so besonders gut, aber dass »Lotto-Toto Kubarek« jetzt »Post-Shop-In-Shop« heißt, verstehe ich schon.

Die Post-Privatisierungsgewinnler-Familie Lotto-Toto Kubarek macht nach wie vor Mittagspause, wenn ich Briefmarken brauche. Es sei ihr gegönnt. Alle Mitarbeiter machen immer einen sehr entspannten Eindruck. Will man ihren freundlichen Service genießen, muss man eben kommen, wenn der Laden auf ist. Wer sich darüber aufregt, ist dumm und soll gefälligst solange Guido Westerwelle wählen, bis er seine Geiz-Ist-Geil-Briefmarken genau wie die Château-Drecksloch-Rotwein-Jauche im Lidl oder Aldi rund um die Uhr kaufen kann.

Statt also die nette pausierende Familie Kubarek zu beschimpfen, trat ich in den Dialog mit dem Bildschirm-Dialog-System des vor dem Post-Shop-In-Shop installierten Briefmarken-Kauf-Automaten. Ich lass jetzt mal den langen Mittelteil weg. Das bringt nix. Man regt sich nur auf. Vor allem zum Schluss. Hat man nämlich nach einigen Epochen das Ende der Dialogmenüfahnenstange erreicht, teilt einem der Automat folgendes mit: »Wenn Sie die Erstattung des Restbetrages in Briefmarken wünschen, drücken sie *Ja*. Wenn Sie *Nein* drücken, wird der Kaufvorgang abgebrochen.«

In diesem Moment wurde ich noch einmal von einer jugendlichen Dösigkeitswoge hochgehoben und trichterte dem Gerät im Econo-Fast-Tempo-Rausch zirka twenty German-Best-Quality-Dirty-Words bei, schlug den Befehl NEIN in den Automaten und beendete den Dialog.

»Na? Ist das 'n Scheißding?« fragte eine freundliche Frauenstimme, um sich im Nu selbst die richtige Antwort zu geben: »Ja sicher ist das 'n Scheißding!«

Die Mittagspause der Familie Kubarek war beendet.

Wir betraten den Shop-In-Shop und nahmen uns ausreichend Zeit für einen Briefmarken-Kauf-Dialog. Anschließend kamen wir noch auf Orthopädisches zu sprechen. An die Einzelheiten kann ich mich zwar nicht mehr erinnern, weiß aber noch sehr genau, mit welch gründlicher Weisheit ich in mein langsam verkalkendes Restleben entlassen wurde: »Kommt sowieso alles so, wie's kommen muss. Und wenn nicht, kommt genau das Gegenteil. Aber da können Sie dann auch nix mehr dran ändern.«

Und das stimmt ja auch.

Fußballmanager A spricht zum Themenkomplex: Die Einsamkeit des Hochleistungsträgers

Ich sag' ja immer: Der Ball ist rund und die Erde ist 'n Dorf. Die Welt passt in 'n Stadion. Und wer ist der Chef vom Stadion? Ich!

Weißt du, was für mich manchmal 'n Problem ist? Nein, das weißt du nicht. Du denkst, ich hätte überhaupt kein Problem. Normal würde ich sagen: Du bist zwar nicht besonders schlau, doch diesmal hast du ausnahmsweise recht. Aber wie soll ich dir das erklären, dass ich trotzdem 'n Problem hab', ohne dass du überfordert bist, weil – du bist ja nicht besonders schlau, das haben wir ja gerade festgestellt.

Pass auf – ich versuch's mal so: Mein Problem ist, dass ein Mann wie ich kein Problem haben darf. Ich darf keine Schwäche zeigen. Ich hab die Verantwortung. Ich trag' die Last der ganzen Schultern. Ich bin Leistungsträger – und zwar links wie rechts. Ich bin ein Leader. Ganz oben anner Spitze. Auffem Gipfel. Und was du nicht weißt, ist, wie einsam es da oben sein kann. Da, wo ich bin, da wächst kein Gras mehr, weil ich weit oberhalb der Grasgrenze, nur auf mich selber gestellt, Entscheidungen treffe, die das Schicksal von ganz vielen Menschen beeinflussen.

Zum Beispiel: Was mach' ich jetzt mit diesen zehn Millionen Euros, die hier bei mir auffem Tisch liegen. Kauf' ich dafür jetzt 'n Brasilianer oder 'n Uruguayeraner? Ja – das sind Probleme, mit denen ich klar kommen muss, weil, ich weiß ja nicht, schießt der eine jetzt zehn Tore oder der andere vielleicht zwölf? Das wäg' ich ab und hin und her. Dann trink' ich 'n Bier. Dann trink' ich noch'n Bier. Das Bier bringt mir die Frau, aber den Rest muss ich alleine machen. Und dann wird es auf einmal ganz kalt um mich herum, da oben, auf meinem Gipfel.

Und dann kuck' ich runter ins Tal. Und was seh' ich da? Kleine, winzige Punkte. Einer davon bist du. Aber das brauchst du alles nicht wissen, weil du nicht schlau bist. Du musst nur wissen, dass da ganz oben einer ist, der den Überblick hat.

Ach, scheiß was drauf, ich kauf' jetzt den Brasilianer.

So – und da kannze jetzt inner nächsten Halbzeitpause mal 'ne Viertelstunde drüber nachdenken. Viertelstunde? Schaffst du schon. Glück auf.

Der politische Betrieb und die Außenwelt

Eine zoologische Betrachtung

Der sogenannte »politische Betrieb« ist so eine Art Perpetuum mobile. Ein System also, dessen vornehmste Aufgabe es ist, dafür zu sorgen, dass es sich erhält. Die sich selbst versorgenden weichen Bestandteile dieses Betriebes sind Politiker, Beamte, Verwaltungsangestellte. Integriert in das System und ebenfalls notwendig für seine Existenzerhaltung ist der sogenannte Journalismus, auch »die Medien« genannt. Das Medienpersonal hat innerhalb des politischen Betriebes zwei Aufgaben. Die wichtigere ist, die Notwendigkeit des Systems zu legitimieren, in dem es ständig darüber berichtet, dass es existiert. Dazu erhalten die Medien vom politischen Personal regelmäßig sogenannte »Informationen«. Diesem Fütterungsvorgang schließt sich der Verdauungsprozess an. Der Journalist nimmt die Häppchen in sich auf und trennt dabei Verwertbares von Nichtverwertbarem. Die zweite Funktion der Medien ist also eine ordnende und säubernde, zu vergleichen mit der der Ameise, die quasi im Nebenberuf dafür sorgt, dass der Wald geputzt wird.

Die Betrachtung des politischen Betriebes unter zoologischen Gesichtspunkten ist ganz hilfreich. Man versteht natürlich auch dann nicht genau, wie sich das System im Einzelnen am Leben erhält. Schaut sich der Laie einen Ameisenhaufen an, weiß er ja auch nicht, was die da alles und warum die das machen. Man staunt nur über das phantastische Gewusel. Die enorme Größe des Organismus', die anscheinend zielgerichtete Aufgabenverteilung unter den zahllosen Mitarbeitern ist nicht zu entschlüsseln, aber – der ganze Betrieb verfolgt einen Zweck und erzielt offensichtlich ein Ergebnis, das das Überleben sichert und mit dem alle Beteiligten deswegen zufrieden sind.

Im politischen Betrieb, so berichten die Medien im Juni 2005, sind sämtliche Mitarbeiter emsig damit beschäftigt, sogenannte »Wahlprogramme« zu bauen. Es muss sich um eine aufreibende Arbeit von existenzieller Bedeutung für das System handeln. Offenbar ist eine riesige Schar von Spezialisten dabei, in unterirdischen Höhlen gewaltige Mengen von Papier vollzuschreiben. In der Außenwelt, der sogenannten »Öffentlichkeit«, weiß niemand, warum die das machen. Es wird zwar behauptet, dass angeblich irgendwann im Herbst etwas zur Wahl stehe und dass dieses »Wählen« wichtig sei für die Zukunft der Außenwelt. Die Programme, über die abgestimmt werden soll, seien von zentraler Bedeutung. Weiter wird der Anschein erweckt, es handle sich um unterschiedliche Programme. Der Betrieb scheint in sich davon auszugehen, dass außerhalb an diesen Programmen erhebliches Interesse besteht. Dennoch erhalten die Journalisten nur ab und zu ein paar Informationshäppchen, die offensichtlich den Zweck erfüllen sollen, die behaupteten Interessenten zu desorientieren. Mal ist von Steuererhöhung die Rede, mal von Steuersenkung, dann wieder von Steuererhöhung und dann wieder von Steuersenkung. Mal steht SPD drüber, mal CDU, hin und wieder FDP und Grüne, neuerdings auch mal WAS, oder WASDS, oder PDWAS – was Genaues aber weiß man nicht.

Sicher ist nur eins: Das System arbeitet an und für sich. Die Bewohner der Außenwelt nehmen hin und wieder Anteil. Manche tun das, manchmal. Genauso, wie sie manchmal in den Wald gehen, einen großen Ameisenhaufen entdecken und staunen: »Ist ja verrückt, was die da alles anstellen. Aber die werden schon wissen, was sie tun.«

350 Meter durchs Opel-Erpresswerk

Karstadt-Ruhr-Marathon 2005

Die Ausrichter des »Karstadt-Ruhr-Marathons« sollten mal darüber nachdenken, ob ihre www.karstadtruhrmarathon.de-Ankündigung in dieser Form noch haltbar ist. »17. April 2005. Eine Region in Bewegung. Zwei Starts, acht Städte, ein Ziel. Karstadt präsentiert: Den 3. Karstadt-Ruhr-Marathon. Super-Highlight in diesem Jahr ist ein 350-Meter-Lauf mitten durch das Presswerk des Bochumer Autoherstellers Opel.«

Bestimmt hatten die sogenannten Verantwortlichen des Kaufhaus-Konzerns in letzter Zeit andere Dinge zu streichen als ausgerechnet ein Massenlanglaufspektakel, das Ruhm und Umsatz der Firma mehren soll. Nachdem aber jetzt die Kürzungspläne des Unternehmens beschlossen und veröffentlicht sind, müssen Vorstand, Aufsichts- und Betriebsrat schnellstens darüber befinden, ob ein solches Ereignis in dieser Form noch zeitgemäß ist. Mal ganz abgesehen vom zweifelhaften Werbeeffekt – schließlich konnten auch die beiden vorherigen Marathon-Veranstaltungen den Karstadt-Niedergang nicht verhindern –, sollen denn im Frühjahr wirklich wieder 40 000 Menschen durchs Ruhrgebiet rennen, ausgerüstet mit Karstadt-Sporttaschen und in Karstadt-Leibchen sich an bald leerstehenden Karstadt-Filialen vorbeiquälen? Verstößt es nicht mindestens gegen die guten Sitten, wenn man Massen von ohnehin an der Schmerzgrenze agierenden Ausdaueramateuren noch einmal dort vorbeidefilieren lässt, wo sie sich einst ihre Turnschuhe gekauft haben? Wird es nicht sogar betriebswirtschaftlich kontraproduktiv sein, wenn die Reporter des mitausrichtenden Westdeutschen Rundfunks aus Herne, Bottrop und Gelsenkirchen melden, der Zug der schwitzenden Lemminge habe soeben den dort zur Disposition stehenden Karstadt-Immobilien den letzten Gruß entrichtet?

Ist aber die Grenze zum Zynismus nicht spätestens dann überschritten, wenn die Ruhr-Marathon-Teilnehmer das angekündigte »Super-Highlight« erreichen und »350 Meter mitten durch das Presswerk des Bochumer Autoherstellers Opel« laufen? Man sollte vielleicht mal schnell die Arbeiter von Opel Bochum fragen, die gerade von ihren Noch-Arbeitgebern im dortigen Werk erpresst werden, wie ihre sportliche Einstellung zu diesem Event ist.

Eventuell haben sie konstruktive Vorschläge, was man stattdessen am 17. April 2005 dort zur Aufführung bringen könnte. Ein zünftiges amerikanisches Rodeo vielleicht, Lasso-Schwingen und Bullen-Reiten mit General-Motors-Vorständen in den Hauptrollen. Das wäre doch ein echtes Highlight mit großem Spaß- und vor allem Werbeeffekt. Dann hätten die Sportreporter des WDR auch wieder allen Grund, ihre Lieblings-Standardstanze zu verstrahlen: »Das hier im Opel-Presswerk, das, liebe Sportsfreunde, das ist einfach Emotion puuuur!«

Tatsächlich aber wird alles so wie immer, nämlich langweiliger kommen. Keiner der Teilnehmer des 3. Karstadt-Ruhr-Marathons wird sich die preiswerte Gelegenheit entgehen lassen, seinen Dauerlauf im Opel-Werk für eine solidarische Atem-, Gedenk- und Betroffenheitspause zu unterbrechen. Die dort noch mit Restarbeit Beschäftigten werden es staunend und schweigend ertragen und sich ansonsten um ihre Angelegenheiten kümmern. Allzu lange werden sie wohl auch nicht belästigt. Die Läufer müssen schließlich das Ziel in Essen erreichen. Dort, in der Stadt der Karstadt-Konzern-Zentrale winkt ihnen der große Preis für ihre große Leistung: Das Karstadt-»Finisher«-Trikot. Darin können sie sich was einbilden.

Unternehmens- und Lügenkultur

Die aktuellen Zahlen sind mal wieder ganz schlecht. Alle Wirtschaftsinstitute haben die Wachstumsprognosen nach unten berichtigt. Großkonzerne kündigen in Serie an, dass gekürzt, gespart, verschlankt werden muss. Und jeden Sonntag veröffentlichen die nie wechselnden Vorstandssprecher unter der furchterregenden »Gesprächsleitung« Frau Christiansens das schreckliche Wochenbulletin des siechenden Patienten »Wirtschaftsstandort Deutschland«.

Das Publikum, das trotz der Last der täglichen Dauerbombardierung mit fiesen Nachrichten bis dahin durchgehalten hat, kann, sofern es noch aufnahmefähig ist, lernen, dass wenigstens eine Branche in Deutschland nach wie vor Hochkonjunktur hat. An Angebern, Schaumschlägern und Labertaschen herrscht kein Mangel und billiges Geschwafel wird immer noch mit Spitzengehältern honoriert. Hin und wieder dürfen schon mal Wirtschafts-Junioren die große Lippe riskieren. In der Mehrzahl sind es aber die mittel- bis ganz alten Vorstandssäcke der Deutschland AG, die dem Fußvolk mitteilen, dass und wie es gefälligst den Gürtel enger zu schnallen habe.

Bekäme man vom Lügen wirklich kurze Beine, dann müsste das Personal dieser und artverwandter Veranstaltungen auf Rollbrettern vor Kameras und Mikrofone geschoben werden. Doch alle Stelzen sind noch dran, wenn dreist und feist gekrückt wird. Kein Balken biegt sich, wenn schamlos die »Flexibilisierung des Arbeitsmarktes« gefordert wird und die Abschaffung des Kündigungsschutzes gemeint ist. Keinem Holzkopf wächst eine Pinocchionase, wenn er »Verschlankung der betrieblichen Strukturen« heuchelt, obwohl es doch »Massenentlassung« heißt. Die penetrante Anwendung dieses Lügenvokabulars hat sich breitbräsig durchgesetzt. Die Rechtschreibprogramme der Leitartikler und Wirtschaftsjournalisten spucken automatisch »Betonkopf«, »Besitzstandswahrer« und »Ewiggestriger« aus, wenn »Gewerkschafter« eingegeben wird.

Dass es hin und wieder wegen allzu offensichtlicher von Führungspersonal angerichteten Verheerungen auch in öffentlicher Rede etwas stiller zugeht, liegt nur an der Größe der Desaster. Wenn auf einen Schlag zigtausend Arbeiter entlassen, ganze Fabriken geschlossen und das Restpersonal aufs Existenzminimum runtergepresst werden soll, genehmigen sich selbst die fleißigsten Gehirnwäscher vorübergehend Sonderurlaub.

Viel Zeit verstreicht jedoch nie, bis in den nationalen Quatschveranstaltungen wieder unanständig gelogen wird. »Anpassung an die Anforderungen einer modernen Unternehmenskultur« oder so ähnlich heißt es dann, wenn den Betriebsräten nichts anderes mehr zu tun bleibt, als die angeordnete »Verschlankung der unternehmerischen Strukturen sozialstaatlich abzufedern«. Zu deutsch: Pläne zu schreiben, wer zuerst rausgeschmissen wird.

Nine eleven 05

Franzstandort Deutschland!

Womit kann ich Franz Beckenbauer zum 60. Geburtstag eine Freude machen? Sein ausdrücklich von ihm selbst geäußerter, »größter Wunsch« ist es, dass »Frieden auf der Welt« herrsche. Also wünsche ich Franz Beckenbauer zu seinem Ehrentag, dass dieser Wunsch zügig in Erfüllung geht. Kaum habe ich diesen Satz hingeschrieben, kommen mir Zweifel. Ist es nicht ein in Anbetracht der alles überstrahlenden Bedeutung dieser Funzel viel zu preiswertes Geschenk? Ich müsste es ja noch nicht mal kaufen. Überall, wo irgendeine prominente Existenz den Mund aufmachen darf, liegt anschließend massenhaft gewünschter »Weltfrieden« umsonst rum, meistens direkt neben den verwandten Gratisartikeln »Gesundheit« und »Mitleid«. Fragen Sie mal die Schicksalsschnorrer Kerner und Beckmann, die machen seit Ewigkeiten mit dem hingequatschten Zeug ihre Schnäppchensendungen voll.

Nein, für Franz B., für den allgegenwärtigsten Deutschen neben G. Jauch und P. Benedikt, sollte es zum Sechzigsten schon ein bisserl mehr sein. Ich lege also noch eine Schüppe drauf. Zur Feier des Tages gibt es die vollendete Formel: »Frieden auf Erden und den Menschen ein Wohlgefallen!«

Ich verschweige nicht, dass ein gewisser Teil der Menschheit mit der Erfüllung dieses Wunsches egoistische

Ziele verfolgt. Zur Ausstattung meines kleinen Wohlfühlfriedens gehörte es nämlich durchaus, auch mal einen Tag des irdischen Daseins ohne die Anwesenheit Beckenbauers verbringen zu dürfen. Das immer schon unvermeidlich erscheinende Eindringen dieser multiplen Medienpersönlichkeit in private Schutzräume hat mit der Fußball-WM 2006 nochmal an Penetranz zugelegt. Fast scheint es so, als sei Beckenbauers anderer, der abwaschbaren Illustrierten *Bunte* gebeichteter Wunsch, »wiedergeboren« zu werden, schon zu seinen Lebzeiten mehrfach in Erfüllung gegangen. Wie anders soll man die schier unheimliche Präsenz dieses Mannes erklären? Höchstens damit, dass der um den Franzstandort Deutschland besorgte Ministerpräsident Stoiber das therapeutische Klonen Beckenbauers in bayrischen Labors längst zugelassen hat.

Es ist aber nicht nur müßig, sondern vor allem ungehörig, sich ausgerechnet im Rahmen des 60. Geburtstages Franz Beckenbauers an solchen Verschwörungstheorien zu beteiligen. Heute soll der Jubilar selbst hier unangezweifelt da stehen, wo er sowieso immer und überall rumsteht: Im Mittelpunkt. Franz Beckenbauer war einmal ein guter Fußballer, das muss man nicht vergessen. Von mir aus darf er wiedergeboren werden. Mal schauen, was dabei herauskommt. »Es gibt«, und auch das hat er schließlich selbst gesagt, »nur eine Möglichkeit: Sieg, Unentschieden oder Niederlage.«

Fußballmanager A spricht zum Themenkomplex: Die Bayern gewinnen immer alles

Ich sag' ja immer: Der Ball ist rund und die Erde ist 'n Dorf. Die Welt passt in 'n Stadion. Und wer ist der Chef vom Stadion? Ich!

Und ich sag' dir jetzt mal folgendes: Was du auch mal vergessen kannst, ist, dass die Bayern angeblich immer alles gewinnen. Ich weiß gar nicht, wie oft mir irgendwelche Hanseln diesen beschmierten Spruch schon reingereicht haben. *Da kannze machen, was du willst, die Bayern gewinnen sowieso wieder.* Ich sag' dann immer nur, pass auf, Triefnase, ich schlaf' gleich ein. Hast du eigentlich keinen Frisör, den du damit langweilen kannst? Die Bayern gewinnen immer alles. Dummes Zeug.

Sag' mir doch mal einen Bayern, der außerhalb von Bayern in der letzten Zeit mal was Nennenswertes gewonnen hat. Was ist denn mit Stoiber? Der kriegt doch jenseits von seinem Schweinehaxenparadies kein Bein anne Erde. Der hat doch noch nicht mal gegen Schröder gewonnen. Der hat doch sogar gegen diese Zonenbraut vergeigt, gegen die Merkel. Gegen Schröder *und* gegen Merkel abzukacken, gegen diese beiden Luschen, das musst du erstmal hinkriegen. Die Bayern gewinnen immer alles. Du hast doch nicht mehr alle Latten im Zaun.

Und jetzt komm' mir bloß nicht mit Fußball. Ja sicher

wird Bayern Deutscher Meister. Und warum? Weil da Holländer, Engländer und Peruaner die Tore schießen. Der einzige Bayer, der da ab und zu die Kiste trifft, ist der Ballack. Und der kommt ausser Ostzone, genau wie die Merkel. Also, vergiss das mal alles ganz schnell. Außerhalb von Bayern gewinnt kein Bayer irgendwas.

Gut, sagen wir mal so, die Papst-Wahl, die hat 'n Bayer gewonnen. Aber das ist nicht schlimm. Sind wir mal ehrlich, auf der Position, da macht der nix kaputt.

So – und da kannze jetzt inner nächsten Halbzeitpause mal 'ne Viertelstunde drüber nachdenken. Viertelstunde? Schaffst du schon. Glück auf.

Lehrer ruhig laufen lassen

Wagner konnte man ruhig laufen lassen. Man wusste, dass sich der Mathematik- und Erdkundelehrer über kurz oder lang von selbst erledigen würde. Die effektivste Form der Rache war, ihn jeden Tag wieder vor seine Klassen treten zu lassen. Das Leben war ganz offensichtlich nicht gut zu Wagner gewesen. Es hatte ihn groß werden lassen. Zu groß für sein Gewicht. 60 Kilogramm gestreckt auf 1,95 Meter, unvorteilhaft kaschiert von einem dunklen, schlecht sitzenden Anzug. Unten kuckten Hochwasserstelzen aus der Hose, oben ein grotesk langes Nussknackergesicht aus dem grauweißen Nyltestkragen. In Abständen von 20 Minuten wurde Wagner von schrecklichen Hustenanfällen geschüttelt. Irgendetwas Schlimmes wollte raus aus ihm. Was es war, wussten wir nicht. Wir sahen nur, was er offensichtlich unter Schmerzen ins Waschbecken spuckte. Das war rosa und speichelig.

Unser Mitleid hielt sich in Grenzen. Sicher, eine Horde von 40 pubertierenden Realschülern auf dem pickligen Weg zur mittleren Reife hat anderes zu tun, als sich in Barmherzigkeit zu üben. Hätte Wagner aber auch nur hin und wieder aufscheinen lassen, dass ihn das Schicksal trotz aller Schläge für den Beruf des Pädagogen vorgesehen hatte, wir hätten wohl mit etwas Rücksicht vor ihm gesessen.

Stattdessen verachteten wir ihn. Wagner hasste uns. Er war krank und wir waren die, die ihn krank gemacht hatten. Wir und all die anderen zahllosen Schüler, die er vor uns in Naturwissenschaften zugerichtet hatte. Als wir ihn bekamen, war er schon fertig mit diesem Leben. Er konnte im wahrsten Sinne des Worte nur noch vor uns auskotzen. In den Pausen dazwischen übte er Rache.

In der achten Klasse wurde ich als Opfer auserkoren. Er hatte mich in diesem Schuljahr in den Fächern Erdkunde und Mathematik mit Mangelhaft einbetoniert. Versetzung stark gefährdet, aber mit Nachprüfung noch möglich. Es sei denn, man erhöhte eine dieser Noten rechtzeitig auf ein Ungenügend. Also teilte mir Wagner ohne Vorwarnung kurz vor Schuljahresende vor versammelter Klasse mit, dass ich in Mathematik auf der Kippe stünde und jetzt – jetzt gleich! – mal beweisen solle, dass ich keine Sechs, sondern nur eine Fünf verdient habe.

»Steh' mal auf, Eckenga – Prüfung!« Es dauerte keine 10 Minuten, dann hatte er mich aufgelöst vor der Klasse stehen, unfähig, auch nur noch den Inhalt eines gleichschenkligen Dreiecks auszurechnen. Nichts wusste ich mehr, gar nichts, was ein Mangelhaft gerechtfertigt hätte. »Na, Eckenga, jetzt siehst du wohl selbst ein, dass ich dich sitzen lassen muss, oder?« Ich sah gar nichts mehr. Ich heulte Rotz und Wasser, meine Klassenkameraden sahen betreten zur Seite, als ich ihn zitternd anflehte, mir trotzdem eine Fünf zu geben. Wagner schaute kalt über die schweigende Versammlung hinweg, klappte sein Zensurenbuch zu, beendete den Schauprozess mit einem kalten »Nein, das geht nicht, das haben wir ja alle gerade erlebt« und verließ schnell den Raum.

Ich ließ ihn gehen. Wir ließen ihn laufen. Bestimmt spuckte er jetzt blutig ins Waschbecken des Lehrerzimmers. Lange würde er auch das nicht mehr können.

Auf den Mond

Kristallklare Nacht, schneidend kalt. Macht nix. Mantel, Mütze, Schal und dicke Schuhe. Der einzige, der hier friert, ist der eigene Atem. Kopp in 'n Nacken. Das da oben sieht sehr gut aus. Der Mond hat sich so voll wie möglich in Schale geschmissen und macht schwer auf Flutlicht. Gib nicht so an, Dicker – gegen den funkelnden Rest des Universums bist du eigentlich 'ne ziemliche Funzel. Vorteil Schaumschläger: Du bist ganz nah dran an der Erde. Im Weltraummaßstab zwar ein Staubkorn, aus meiner Amöbenperspektive aber immerhin ein Riese. Geschenkt und gegönnt, doch wenn du vielleicht mal kurz links und rechts schauen würdest? Na siehst du, richtige Planeten, gewaltige Sternenbilder, Milchstraße – das volle Gala-Programm. Also bitte, etwas mehr Bescheidenheit wäre angebracht.

Trotzdem – Kompliment, Mond. Du hast schon schlechter ausgesehen. In zu warmen Sommernächten über der nachschwitzenden Stadt machten sogar die Positionslichter der Touristenflieger einen besseren Eindruck als du. Da hattest du manchmal eine Gesichtsfarbe wie einer dieser auf dem letzten Lungenflügel rauchenden Krankenhausinsassen. Sechzigerjahre Hallenbadfliese, lange nicht geputzter Glasbaustein mit so'n bisschen Fliegendreck drauf, sowas in der Art.

Dagegen wirkst du heute wie totalrenoviert. Hochdruckgereinigt, alle Birnen ausgewechselt, frisch gestrichen. Wie kommt's, Mond? Warst du auf Urlaub? Kreuzfahrt durchs All? Hast du dir mal 'n paar Wochen lang die anderen Galaxien angekuckt? Muss schön gewesen sein. Keine Ahnung, was man da alles zu sehen bekommt, aber so erholt, wie du aus der Wäsche schaust, muss es ja wohl besser sein als das gewöhnliche Programm, als der immergleiche Blick aus der immergleichen Perspektive auf das Elend Erde.

Du solltest öfter solche Reisen machen, Mond. Scheint dir gut zu bekommen. Wenn ich könnte, würde ich mich anschließen. Ich gebe zu, da, wo ich mich rumtreibe, habe ich nur einen vergleichsweise bescheidenen Überblick. Du kuckst ja auf deiner Umlaufbahn praktisch rund um die Uhr in alle Jammertäler. Da ist der Erholungs- und Urlaubsbedarf natürlich wesentlich größer. Ich weiß gar nicht, wie du das länger als eine Mondphase aushältst. An deiner Stelle hätte ich mich wahrscheinlich längst auf Nimmerwiedersehen in irgendeinen Andromedarnebel verzogen.

Mir reicht's schon so, obwohl ich immer nur in diesen kleinen Ausschnitt kucke. Straße, Nachbarn, Stadt, Passanten, ab und zu mal 'ne andere Stadt mit anderen Straßen mit anderen Passanten. Hin und wieder, selten, auch mal 'n anderes Land mit dem entsprechenden Inventar. Darüberhinaus mache ich gelegentlich noch diese Scheinausflüge via Fernseher. Was es da zu besichtigen gibt, ist allerdings durchweg so deprimierend, dass ich mich lieber anderweitig betäube, zum Beispiel mit einem guten Getränk.

Manchmal, Mond, habe ich böse Gedanken. Weil du heute einen so ausgeruhten Eindruck machst, kann ich sie dir vielleicht zumuten. Wenn die Belästigungen so übermächtig werden, dass ich mir keinen anderen Rat mehr weiß, verwünsche ich ihre Urheber. Mal sind es Nachbarn, mal Passanten. Häufiger aber noch als die ist es Personal, das mir völlig unverlangt ins Dasein lärmt. Sogenannte Prominenz, Aufdringliche aller Art, Politiker, Maulhelden, Talkshowinsassen und ähnlich verzichtbare Existenzen. Und wenn die Bedrängungen zu groß und die Geräusche zu laut werden, dann habe ich mich schon oft laut denken hören: »Die sollte man alle auf den Mond schießen!« Also auf dich.

Lieber Mond, ich bitte um Verständnis. Nimm das bitte nicht so ernst. Wenn ich das denke, denke ich das nur so vor mich hin. Genau genommen ist das nur so ein läppisches Luftmachen. Notwehr einer denkfaulen Amöbe. Da solltest du drüber stehen, Mond. So wie jetzt.

Und wenn es dir wieder mal zu viel wird, wenn du der Zustände überdrüssig wirst, mach' einfach eine Urlaubsreise in Galaxien mit besseren Aussichten.

Nur bitte, Mond, tu mir einen Gefallen, komm' wieder.

Das Methusalem-Kompott

Wer wird warten, wenn ich gehe?
Wer wird gehen, wenn ich bleib?
Wer wird schieben, wenn ich stehe?
Wer wird lesen, wenn ich schreib?

Wer wird mich im Knast besuchen,
respektiv Seniorenstift?
Wer backt mir nen Marmorkuchen?
Wer hilft mir in' Treppenlift?

Wer reicht mir die Schnabeltasse?
Wer spielt mit mir dressed to kill?
Wer schiebt mich auf die Terrasse,
wenn ich eine rauchen will?

Wer bringt mir den Stuhl mit Pfanne,
hebt mich trotz der Flatulenz,
samstags in die Badewanne,
für die Fußballkonferenz?

Sechzehn Zeilen letzte Fragen.
Och, das ging ja ganz schön flott.
Muss noch einen Titel tragen:
Das Methusalem-Kompott.

So – jetzt noch die Rechnung schicken:
info@imalterfit.
Macht dreihundert schlanke Mücken,
speichern, senden, weg damit!

Honorar – und niemals Rente!
Bis zum letzten Altersreim!
Nichts Püriertes! Nur al dente!
Kommt mir nicht mit Haferschleim!

Zum Autor

Fritz Eckenga belebt, wenn er nicht woanders ist, einen blickdichten Teil der Stadt Dortmund. Als freier Mensch schreibt er für sich selbst, für ausgewählte Zeitungen und für Hörfunksender. Er ist Liebhaber und Zulieferer der kulinarischen Kampfschrift *Häuptling Eigener Herd* und tritt mit Bühnenprogrammen vor Publikum auf. Zahlreiche Buch- und CD-Veröffentlichungen. Zuletzt bei Reclam: *Immer für Sie da! Hilfreiche Geschichten und Gedichte,* 2007.

Wiglaf Droste bei Reclam

Wiglaf Droste:
»nutzt gar nichts, es ist Liebe«
160 Seiten | HC 839

Wiglaf Droste:
Kafkas Affe stampft den Blues
240 Seiten | RT 20139

Wiglaf Droste: Bombardiert Belgien! & Brot und Gürtelrosen
192 Seiten | RBL 20043

Wiglaf Droste: Die Rolle der Frau und andere Lichtblicke
168 Seiten | RBL 20068

Wiglaf Droste: Der infrarote Korsar
169 Seiten | RBL 20110

Wiglaf Droste: Wir sägen uns die Beine ab und sehen aus wie Gregor Gysi
168 Seiten | RBL 20125

Reclam